나는
롱테일
검사입니다

어느 형사부 검사의 단상

마인드큐브Mindcube :
책은 지은이와 만든이와 읽는이가 함께 이루는 정신의 공간입니다.

나는
롱테일
검사입니다

어느 형사부 검사의 단상

정경진 지음

Mindcube

프롤로그

●

　영화나 드라마 속에서 자주 왜곡되는 검사, 언론에서 좋든 나쁘든 대활약을 펼치는 것으로 보도되는 일부 검사. 많은 국민들은 이를 전체 검사의 모습으로 보아오고 있다. 필자는 이 책에서, 그동안 잘 드러나지 않았던 검사들의 솔직한 삶을 있는 그대로 보여드리고 싶다.

　요즘 많은 검사들이 뉴스를 보고 싶지 않다고 말한다. 인터넷 신문기사에서 빠지지 않는 검찰 뉴스. 기사를 보면 반박하고 싶은 것도 많다. 그러나 "미운 사람은 무슨 말을 해도 그 말이 틀리게 들린다"는 어느 교수님 말씀이 생각나 침묵한다.

영화, 드라마에서 검사는 대부분 부정적으로 묘사된다. 뇌물을 받아 사건을 왜곡하는 검사, 출세를 위해 권력에 아첨하는 검사, 부호들과 결탁하여 온갖 향락을 즐기는 검사. 도대체 영화, 드라마 속 검사는 언제 일을 하는지 모르겠다. 그래서 최근 국민들에게 검사는 부정의 아이콘으로, 그리고 검찰은 개혁의 대상으로 비치고 있는 것 같다.

그런데 국가기관은 모두 필요에 의해 만들어졌고, 각자의 역할을 수행하고 있다. 검사도 마찬가지다. 다만 검사에게 주어진 사명을 어떻게 변경할 것이냐는 "옛 것을 제대로 알고서 새로운 것을 안다"는 온고이지신溫故而知新의 정신에 따라야 한다고 본다.

검사에 대해 이야기하다 보면, 검사에 대해 막연히 부정적으로 이야기하다가 한참 후에 나의 설명을 듣고서야 "정말이냐? 그 말이 사실이냐?"고 반문하시는 분들이 많다. 얇은 커튼 뒤에 있는 물건은 그 실체가 드러나지 않아 조금 과장하여 말하면 개미가 코끼리로 둔갑되기도 한다. 그처럼 주위에서 쉽게 접하지 못하는 검사라는 직업, 드러나지 않은 검사의 업무와 일상 때문에 잘못된 일부 검사의 이미지가 마치 전체의 모습인양 비치고 있어 안타깝다.

나는 검사에 대한 국민들의 평가가 틀리다고 부인하지는 않는다. 그러나 검찰을 대표하는 대다수 검사들의 일과 생활이 정당하게 평가받지 못하고 있는 현실은 안타깝다.

이전에 검사를 주제로 하는 드라마에서 어린 아들이 친구들에게 검사인 아빠의 직업을 말하지 못하고 숨기는 장면을 보았다. 사실 국민들의 시선이 좋지 않아 검사라는 직업을 밝히기가 꺼려지기도 한다. 어려운 시험을 합격하고 검사가 되어 밤늦게까지 일하면서도 힘들어하지 않았던 것은 검사로서의 자긍심과 명예 때문이었다. 그런데 국민들의 계속되는

지탄에 지금껏 검사들을 버티게 해주었던 '자긍심'과 '명예', 나아가 검사로서의 자존감마저 무너지고 있다.

헌법에 명시된 검사, 독립된 관청인 개개의 검사, 이렇듯 검사는 특별한 지위가 부여되어 있다. 왜일까? 이는 1950년대, 1990년대 역사적으로 큰 사건들을 경험하면서 국민들은 검사에게 지금의 권한을 하나씩 하나씩 부여하였다. 그러나 그 권한이 일부 남용되는 것을 경험하면서 국민들은 다시 이를 회수하고 있다.

검사에게 어떤 사명을 부여할지는 전적으로 국민들의 권한이다. 그러나 나는 지금껏 자랑스럽게 생각해온 나의 직업, 지금껏 선망의 대상이었던 검사가 마치 죄인이 된 것처럼 평가받고 있는 현실이 너무나 안타깝다. 나의 직업인 검사, 돌아가신 내 부모님께서 자랑스럽게 생각하셨던 검사. 그 검사의 마음을 여러분들에게 보여드리고 싶다.

어찌 보면 검사는 물위에서는 우아한 자태를 보이면서도 수면 아래에서는 그 누구보다 더 치열하게 발놀림을 하는 백조와 같다는 생각이 든다.

이 책은 검사의 대부분을 구성하고 있는 형사부 검사의 업무와 일상을 중심으로 어떠한 학술적 연구나 평가 없이 만담처럼 평이하게 서술했다.

1장은 내 짧은 검사생활에서 마음속에 깊이 담아둔 사건들을 이야기했다. 화나고, 분노하고, 감동받고 또 애절한 국민들의 희로애락을 담은 사건들. 누구나 당할 수 있는 일이다. 형사부 검사들이 어떻게 일하는지 느껴보셨으면 좋겠다.

2장은 형사부 검사로서 느낀 감정과 생각 그리고 재밌는 에피소드를 담았다.

3장은 형사부 검사들의 신문고이다. 검사들도 애환이 있다. 국민들은 검사는 무조건 다 강하고 완벽하다고 생각하는 분들이 있으나 검사들도 사람인지라 고통 받고 또 실수할 때가 많다. 검사들의 고민을 진솔하게 말씀드렸다.

이 글은 그냥 평범한 에세이다. 다만 왜곡되게 보지 말고 있는 그대로의 검사 모습을 왜곡 없이 보아주셨으면 좋겠다는 것이 나의 작은 바람이다.

국민들이 힘을 모아 코로나19 상황을 극복하고 있는 2020년 가을
한 명의 평범한 대한민국 검사 **정경진**

나는
롱테일
검사입니다

어느 형사부 검사의 단상

1. 희로애락(喜怒哀樂)이 담긴 사건 이야기

2. 롱테일 검사의 에세이

3. 형사부 검사들의 신문고

나는 국민들과 함께 울고 웃는
형사부 검사

●

    선배 검사들은 항상 후배들에게 검사가 된 것만으로도 이미 출세한 것이니 인사에 일희일비一喜一悲하지 말라고 조언한다.[1] 검사들은 특수부, 강력부, 공안부 등 인지부서[2]에 가기 위해 노력한다. 검찰과 관련하여 언론에서 '특수통, 강력통, 공안통'이라는 말을 사용하는 것을 자주 들어봤을 것이다. 인사

---

[1]   한때 잘 나가던 어느 선배검사는 인사에 속칭 '물먹은' 후배들에게 항상 인사에 일희일비하지 말라고 충고했는데, 막상 본인이 인사에서 '물을 먹게' 되자 그 충격에서 헤어나지 못했다는 우스갯소리가 있다. 그만큼 다른 조직과 마찬가지로 우리 검사들도 인사에 관심이 많은 편이다.

[2]   경찰에서 수사하여 송치되는 사건을 처리하는 형사부와 달리, 특수부서 등 인지부서는 대형 부패사건, 기업사건 등 중요 사건을 직접 조사하여 기소할 수 있다.

철에 검사들이 인지부서에 가지 못할 경우 다소 실망하기도 하는데, 이럴 때마다 듣는 말이 바로 이것이다.

언론에서는 거악 척결을 담당하는 특수부, 강력부 등 인지부서 검사들의 활약상이 주로 보도된다. 그래서 일부 국민들은 인지부서 검사들이 검찰청 검사의 다수를 차지하고 있다고 생각한다. 그러나 검사의 대부분은 형사부 검사다. 그런데도 국민들은 형사부 검사들의 존재나 업무내용에 대하여 잘 알지 못한다.

경제학 용어에 파레토 법칙Pareto principle과 롱테일 법칙Long tail principle이 있다. 파레토의 법칙은 전체 100% 중 상위 20%가 주는 영향력이 매우 크다는 이론으로, 통계적으로 상위 20%가 전체 생산의 80%를 이루어낸다는 설명이다. 반면, 롱테일의 법칙은 하위 80%의 영향력이 만만치 않다는 이론으로, 80%의 다수가 20%의 뛰어난 소수보다 더 많은 가치와 업적을 창출한다는 주장이다. 이는 정치·경제·사회 전반에 적용되는 이론으로, 나름 우수한 자원이 모이는 검찰조직도 두 이론의 입장에서 바라볼 수 있다.

과거 어느 시대든 전쟁을 벌일 때는 성^城을 지키는 것이 매우 중요했다. 성이 튼튼하게 지켜지고 있는 가운데 관우나 장비 같은 명장들이 성 밖에서 적과 싸우면 그 전쟁에서 이길 확률이 높다. 그러나 장수들의 용맹함만을 앞세운 채 성을 허술하게 방비하여 적에게 뺏기기라도 하면 야전에 나간 장수와 병사들은 오갈 데 없는 처지가 된다. 그만큼 성을 강고히 지키는 것은 전략상 매우 중요한데, 검찰이라는 성을 지키는 전사들이 바로 형사부 검사들이다.

검찰이라는 성 안에서 형사부 검사들은 국민의 인권보호, 기소/불기소를 결정하는 경찰송치 사건 처리 등 검찰 태동의 근간이 되는 기본적인 역할을 묵묵히 수행하고 있다. 하지만 신문지상에 자주 거론되는 거악척결의 유명한 검사들과 달리, 그 성과는 거의 밖으로 드러나지 않는다.

일반 국민들은 자신이 피의자[3] 또는 피해자가 되지 않는 이상 형사부 검사들을 만날 일이 없다. 그래서 그들이 어떤 존

---

3 범죄를 저질러 수사기관의 수사 대상이 된 사람을 말한다. 참고로 피고인은 검찰에서 기소가 되어 법원에서 재판을 받고 있는 사람을 말한다. 즉 피의자는 수사기관에서 조사를 받는 사람, 피고인은 기소되어 법원에서 재판을 받고 있는 사람으로 보면 된다.

나는 롱테일 검사입니다 — 어느 형사부 검사의 단상

재인지, 어떻게 일하고 있는지 잘 알지 못한다. 그러나 검사의 대부분은 형사부 검사들이다. 이들은 일반 국민들과 밀접히 관련된 업무를 수행한다. 즉, 경찰에서 조사받은 고소인이나 피의자에 대한 인권침해 점검, 변사체 검시,[4] 증거 판단 및 증거 부족시 보완 지휘 또는 추가 수사 등 검찰 본연의 임무인 인권보호기관人權擁護機關 및 형사소추기관刑事訴追機關으로서의 역할을 성실히 수행하고 있다.

형사부 검사들은 기본적으로 경찰에서 송치[5]하는 사건을 처리하느라 밤을 지새우는 날이 많고, 상당수 검사가 주말에도 가정을 포기한 채 일하고 있다. 그런데도 그 성과가 두드러지지 않아 국민들에게 잘 인식되지는 않는다.

사실 국민들이 나쁘게 말하는 '정치검사'는 조직 내에서 묵묵히 일하고 있는 형사부 검사와는 전혀 다른 세계에 사는 검사다. 또 옷만 벗으면 "큰돈을 벌었나보다" 하고 소문이 자자

---

4 병원에서 병으로 사망하는 경우 등 죽음의 원인이 명확한 경우 외에 사망 원인을 알 수 없는 시체를 변사체라고 하고, 이 변사체에 대해 검사가 부검을 할 것인지, 단순 사망으로 보고 종결할 것인지 결정하기 위해 직접 현장에 나가 변사체를 보는 것을 검시라고 한다.

5 경찰에서 사건을 조사하여 잠정적으로 결론을 내린 후 검찰에 기록을 넘기는 것을 송치라고 한다.

한 일부와는 달리, 형사부 출신 변호사들은 전적으로 전관예우前官禮遇의 대상이라고 말하기도 어렵다. 그래서 요즘 형사부 검사들의 직업의식도 점점 '평생검사'로 변화하고 있는 추세다.

형사부 검사들은 국민들의 고소·고발 사건, 보이스피싱 사건, 불법다단계 사건, 사기 사건 등 서민들과 밀접하게 관련된 사건들을 묵묵히 처리한다. 실제 어느 특수통으로 유명했던 분도 퇴직 시에는 거악척결이 아닌 서민들의 고통을 해결해주었던 작은 사건들이 더 기억에 남았다고 한다.

우리는 책이나 드라마에서 조선시대 왕이나 왕비, 권력자들의 세계를 자주 보다보니 무의식 속에 그 세계가 자신의 세상인 것처럼 착각해왔다. 마치 드라마 속에서 화려한 집에 사는 부자를 보며 나도 그 부자가 된 것 같은 착각에 빠지듯이. 그런데 세상은 소수의 왕과 귀족 그리고 대다수의 평범한 백성들로 구성되어 있다. 우리가 파레토 법칙의 시각에서 세상을 바라보는 것에 너무 익숙해져 있지는 않은지 고민해보아야 한다.

요즘 언론을 통해 형사부, 공판부 이름이 자주 오르내리고 있으나, 지금껏 형사부 검사의 업무에 대해서는 잘 알려지지 않았다. 이러한 형사부 검사들의 사건과 삶의 이야기를 독자분들께 들려드리고 싶다. 두드러지지는 않지만 검사의 대다수를 차지하는 형사부 검사들의 진솔한 이야기다.

이 책은 검찰의 모습을 학술적이고 체계적으로 설명하지는 않는다. 그렇다고 거악척결이나 사회부패나 부조리를 파헤치는 그런 내용은 더더욱 아니다. 그냥 형사부 검사가 겪은 사람들의 이야기들이다. 마치 길거리 이야기꾼이 들려주는 만담처럼 평이함을 느낄 것이다.

나는 롱테일 법칙Long tail principle의 대명사, 형사부 검사刑事部 檢事다. 지금부터 국민들과 아픔과 슬픔을 함께 나눈 이야기를 여러분들과 나누고 싶다.

1. 희노애락^{喜怒愛樂}이 담긴 사건 이야기

●

가슴 속에 깊이 여운을 남긴 사건이 있었는지? 검사로서 보람되고 검사가 된 것을 자랑스럽게 생각할 사건이 있었는지 묻는다면 나는 자신 있게 '그렇다'라고 대답할 것이다.

그러나 "하늘을 우러러 한 점 부끄러움이 없는가"라고 묻는다면 솔직히 그 대답에는 자신이 없다. 나 또한 인간이기에 사건을 처리하면서 실수는 있었고, 그로 인해 부끄러워한 적도 있었다. 그럼에도 내 가슴 속에 남아 있는 따뜻한 이야기를 여러분께 들려드리고 싶다.

검사들은 처리한 사건들에 대해 책을 쓰라고 하면 모두 즉석에서 여러 권을 만들어낼 수 있는 능력자들이다. 그런데 나는 독특하게도 황당하고 특이한 사건들을 많이 수사했다. 그 사건들이 시사 TV 프로그램과 각종 신문에 다수 보도되었고 대담프로에서 집중 논의되어 사회이슈가 되기도 했다.[6]

언젠가 지위가 높으신 어떤 분이 과거 유명했던 잡지인《선데이서울》에 나올 법한 특이한 사건들이라고 말씀하신 후 아는 동료들이 나를 '선데이 검사'라고 부르며 놀렸다. 하긴, 일요일에도 사무실에 나와서 일했으니 이 별명이 맞을지도 모르겠다.

그러나 이보다는 '결혼사기 전문검사', 또는 '여성 지킴이 검사'로 불러주었으면 더 좋았을 것 같다는 생각이 든다.

여기서 들려드릴 이야기는 방송이나 신문에 자세히 보도되었던 사건들이어서, 아마 세상사에 관심이 많은 분들은 이미 알고 있을 것이다. 우리에게 분노를 솟구치게 하는 이야기, 마음 아픈 이야기, 화가 나는 이야기, 감동이 있는 이야기, 애절한 시원한 이야기로 파트를 나누어 그 사건들의 수사경위 및 과정을 상세히 소

---

6   여기 소개하는 세 가지 사건은 '80세 재력가 결혼사기', '가족결혼사기단', '치위생사 실종사건'이라는 단어로 인터넷 포털사이트 검색을 통해 확인할 수 있다.

개해보겠다. 자! 이제부터 이야기 속으로 들어가보자.

 * 여기 소개하는 사건들은 모두 인생을 사기당한 여성들의 이야기다. 황당한 사건들이어서 모두 여러 신문이나 방송에 보도되었는데, 피해 여성들을 '돈만 보고 뛰어든 여자들', '그 남자에 그 여자들', '여성들의 허황기가 사기단의 표적이다, 사기당한 여자나 그 부모나 마찬가지다'는 등 오히려 피해를 당한 여성과 그 가족들을 비난하는 댓글들이 있었다. 범죄 피해를 당한 억울한 분들이 또 다시 인터넷에서 2차 피해를 당한 것이다. 이를 보고 수사를 한 검사 입장에서 너무나도 마음이 아팠고, 실제로 피해 여성들은 이에 대해 너무 고통스럽다고 나에게 호소하기도 하였다.

 나는 이 사건들의 수사경위, 과정 등을 피해 여성들을 중심으로 상세히 이야기하여 이 기회에 직접 변명하지 못하는 그녀들의 억울함을 대신 말해주고 싶다. 아울러 국민들이 잘 알지 못하지만 검찰 내에서 묵묵히 일하는 검사의 일상을 있는 그대로 보여드리고 싶다.[7]

---

7 사건 이야기는 피해 여성들을 중심으로 수사경위, 과정 등을 이야기하였고, 이의 전개를 위해 사건 내용에 대해서는 언론에서 이미 공개된 내용, 공판정에서 현출된 내용 등으로 최소화하였다.

사기결혼에 고통 받는 중년의 여성들

— 분노를 자아내는 이야기 1

내가 피해자들을 알게 된 것은 2018년도 ○○고등검찰청[8]에서 근무할 때였다.

당시 고소·고발인으로부터 항고[9]가 제기된 사건을 직접 수사하는 업무를 담당하고 있었는데, 어느날 항고인[10]인 중년 여성이 동거인인 남성을 상해죄로 고소한 간단한 사건을 보고 있었다. 그 여성은 너무 억울하다고 호소하며 무려 1,000장이 넘는 서류를 제출하였는데, 그런데도 이 사건은 부부간의 치졸한 싸움으로 치부되어 경찰, 검찰 수사기관 모두에게

---

8 고등검찰청은 각 지방검찰청의 상급기관으로 주로 항고업무를 담당한다. 주로 '고검'으로 불린다.

9 지방검찰청에서 고소·고발 사건에 대해 혐의가 없다고 처분된 사건에 대해 고소인, 고발인이 상급기관인 고등검찰청에 이를 다투는 제도를 말한다.

10 고소사건에서 원처분청 즉 처음 고소사건을 처리하는 검찰청에서는 고소한 사람을 고소인으로 칭하고, 혐의가 없는 것으로 처리한 후 항고를 하면 고소인이 항고인으로 호칭이 바뀐다.

홀대받고 있었다.

혹시라도 억울한 부분은 없는지 살펴보다가 기록에서 문득 이상한 점을 발견하였다. 동거인의 회사 직원이 작성한 확인서에는 '이 사람은 연로하여 걸을 때도 남의 부축을 받아야 할 정도로 건강이 나빠 다른 사람을 폭행한다는 것은 불가능하다'고 기재되어 있었다. 반면, 경찰의 수사기록에는 바로 그 동거인이 파출소에서 경찰관들을 무자비하게 발로 차고 난동을 부린 사실이 확인되었고, 그 상황이 녹화된 CCTV 영상 사진까지도 첨부되어 있었다.

아무리 봐도 이상하지 않은가. 혼자 걷기도 힘든 연로한 남성이 파출소에서 난리를 쳤다? 곧바로 그 직원에게 전화를 걸어 진실을 말해 달라고 부탁하니, 이미 해고를 당한 직원은 모든 것을 사실대로 말해주었다.

"처음에는 모시는 분이라 어쩔 수 없이 불러준 대로 허위 확인서를 작성해주었죠. 그런데 한두 번도 아니고 말도 안 되는 내용을 계속 적어 달라고 해서 화가 나 거절했더니 곧바로 나를 해고해버렸어요. 그리고 저뿐만 아니라 운전기사도 부당하게 해고당했다고 들었는데, 진짜 나쁜 사람입니다."

먼저 그 남성과 관련된 다른 사건들이 있는지 전국 사건부를 검색해보았더니 역시 이미 처리되었거나 처리 중인 고소 사건들이 총 27건이나 확인되었다. 각 검찰청으로부터 관련 기록 27권을 모두 이첩받아 각 사건들을 면밀히 분석해보았는데, 몇 가지 특이한 점이 발견되었다.

첫째, 사건들마다 피해 여성이 다르고, 둘째, 그 여성들이 모두 똑같은 유형의 피해를 당했으며, 마지막으로 경찰에서의 남성 주장이 모두 같았다. 그 남성은 '사정사정해서 어디 오갈 곳도 없는 여자를 집에 살게 해주었더니 시간이 지나도 나가지 않고 쫓아내려고 해도 막무가내로 버텨서 어쩔수없이 형사고소까지 하였다'고 일관되게 주장하고 있었다.

설마 연로한 남성이 이리 여성들을 농락하였을까? 일단 항고인인 피해 여성 A씨를 불러 그간 있었던 일을 직접 들어보았다.

"제가 50대 초반에 숙박업소를 운영하며 혼자 살고 있었는데, 2010년 즈음 60대이고 솔로라고 소개받은 이 남자를 만나

2017년까지 교제했어요. 그런데 2017년 어느날 그가 '사업을 정리하고 나랑 같이 살자, 다음에 재산도 많이 주겠다'고 해서 운영하고 있던 숙박업소를 팔아버리고 그가 마련한 아파트에 들어가 부부처럼 살았지요. 그런데 1년 정도 지나자 갑자기 돌변해서 저에게 욕하고, 때리고, 심지어는 퇴거불응죄로 형사고소까지 했어요. 거기다 제가 살지 못하게 전기와 물을 끊어버리고, 내 비싼 옷에 물을 뿌리고, 거실에 오물을 가져다놓고 온갖 못된 짓을 해서 저도 그 때부터 법적 다툼을 벌이고 있어요. 그런데 놀라운 것은 그 남자는 나이도 속이고, 아내가 있다는 사실도 속였다는 거예요. 그런데요, 검사님! 제가 마지막으로 의지했던 수사기관이 사기결혼을 당했다는 제 말을 전혀 믿어주지 않는 것이 저를 더욱 화나게 만들었어요"라고 말하며 격하게 자신의 심정을 토로하였다.

지금껏 수사기관에서 '악성민원인'으로 불리며 무시 받아온 A씨에게 순간 미안한 마음이 들었다. 아무래도 그에게 숨겨진 진실이 있다고 생각한 나는 이미 처리되었던 사건의 피해자들을 상대로 일일이 확인해보기로 했다.

2010년도에 사귀었던 또다른 중년의 피해 여성 B씨에게 전화하였다. 역시나 B씨도 그의 감언이설에 속아 동거를 시작하였는데 1년이 지난 어느날 갑자기 아파트에서 나가라고 하며 형사고소하고 행패를 부려 곧바로 아파트를 나온 후 관계를 끊었다고 했다. 나는 B씨에게 그를 처벌할 수 있도록 피해를 진술해 달라고 부탁하였으나 어느 정도 경제력을 가진 유명 대학 출신인 그녀는 그와 다시 엮이는 게 싫다며 일언지하에 거절하였다.

나는 계속 전화를 걸어 '이런 나쁜 사람을 처벌하지 않으면 또다른 피해자가 생길 수 있다'고 감성에 호소하기도 하고, '다음에 재판에 증인으로 신청될 수도 있고, 법정에 안 나가면 과태료 처분을 받을 수도 있다'고 은근히 심적인 부담도 주었다. 그러나 그녀는 말없이 내 말을 듣고 있다가 갑자기 나를 동생으로 호칭하며 "동생, 나 동생 회사 사람들도 많이 알아, 그 사람과 또 엮이기 싫어, 법원에서 과태료 부과하면 그냥 납부할게"라고 말하며 나의 열정에 찬물을 끼얹었다.

다시 마음을 가다듬고 또다른 피해 여성 C씨에게 전화를 걸었다. 3월 따뜻한 날이 계속되고 있었는데도 사무실 밖에는 뜻밖에도 함박눈이 쏟아지고 있었다.

"안녕하세요, 정경진 검사입니다. ○○○씨 되시죠? 혹시 ○○○씨 아세요?" 전화상으로도 느껴지는 C씨의 두려움. 그녀는 긴장된 목소리로 말을 이어갔다.

"2015년에 결혼정보 업체를 통해 만난 그 사람과 결혼을 전제로 사귀었어요. 그런데 알고 보니 기혼인 데다가 나이도 소개받을 때의 나이보다 10살이나 많았죠. 그래서 곧바로 헤어지자고 했는데, 그때부터 제가 다니는 회사에 아무 때나 찾아와 입에 담지 못할 욕설을 하고 행패를 부려 어쩔수없이 그 사람을 명예훼손으로 고소했어요. 그 이후에도 집으로, 직장으로 계속 찾아와 행패를 부리고 폭언과 폭행을 일삼는 바람에 너무 힘들어 휴직을 하고, 1년 반 동안 병원에서 치료를 받았습니다. 그런데 이제 와서 그와 다시 엮이게 된다고 생각하니 너무 끔찍해요. 전 이 일에 끼고 싶지 않아요"라고 말하며 전화를 끊으려 하였다.

중년 여성인 B씨를 통해 한번 좌절을 겪었던 터라 C씨만큼은 어떻게든 설득해서 진술을 받고 싶었다. 나는 잠깐만 내 설명을 들어보라고 간곡히 사정하며 그녀에게 "지금 겪고 있는 트라우마를 이번에 극복하지 않으면 평생 그 속에 갇혀 살 것이고 고통은 계속될 것입니다. 검사인 제가 당신 곁에서 함께 하겠습니다. 검사가 옆에 있는데 무엇이 두려우십니까. 함께 해보십니다. 이런 사람은 이쪽에서 강하게 부딪쳐야 고개를 숙입니다"라고 말하며 온 마음으로 설득했다. 결국 나의 진심을 알게 된 그녀는 마침내 제안을 받아들였다.

평평 쏟아지는 함박눈 사이로 멀리 보이는 도도한 선비의 갓 같은 예술의 전당이 더욱 고고하게 보였다.

드디어 C씨가 조사를 받으러 그녀의 친구와 함께 찾아왔다. 조사받는 내내 또 다시 그가 찾아와 자신에게 행패를 부릴지 모른다는 두려움에 부들부들 떨고 있는 그녀를 보니, 지난날 그녀가 당했을 크나큰 고통을 피부로 느낄 수 있었다.

마지막 희망을 품고 중년여성 B씨에게 또 다시 전화를 걸었다. 역시나 거절당하였다.

일단 항고인인 A씨와 새로 확인한 피해여성인 C씨의 진술을 토대로 사건을 진행해나가기로 마음먹었다. 우선 그가 접촉한 결혼정보 업체를 찾아 맞선 내역을 확인하여보니, 무려 45회 이상 여성을 소개받은 사실이 확인되었다.

　참고로 이전에 이 사건이 보도되었을 때 기사 댓글에 '돈을 보고 결혼한 여자들이니 당해도 괜찮다'는 등 혹평을 한 분들이 있는데, 그건 사실이 아니다. 피해 여성들은 다들 경제력이 있는 중년의 독신 여성으로, 그에게 마음을 주고 결혼을 전제로 만난 것이다. 돈만 보고 결혼한 속물이라고 쉽게 말하는 분들께 묻고 싶다. 진정으로 자기를 사랑해주고 재정적으로 여유로운 남자를 중년 무렵 늦게라도 만난다면 나이 차이가 조금 있더라도 결혼하고 싶지 않겠는가. 사실관계를 정확히 모르면서 무조건 남을 폄하하려는 댓글은 이제 좀 지양했으면 좋겠다. 악성댓글은 사람을 죽이는, 보이지 않는 칼이다.

　춘추전국시대 유세가인 장의는 "깃털도 많이 쌓이면 배를 가라앉히고, 가벼운 물건도 많이 실으면 수레의 축이 부러지며, 여러 사람의 입은 무쇠도 녹이고, 여러 사람의 비방이 쌓이면 **뼈도 녹인다**"는 말을 남겼다. 우리가 다시 한번 깊이 새겨볼 말이다.

드디어 수사 베테랑인 박 사무관이 그를 불러 조사하였다. 역시나 그는 예상했던 대로 갈 곳 없는 여자들이 안쓰러워 자기 집에서 재워줬더니 나가지도 않아서 그랬다는 등 말도 되지 않은 궤변을 늘어놓았다. 노블레스 오블리주Nobless Oblige[11]라는 말이 무색하였다.

그가 A씨와 C씨를 고소하였던 사건들은 모두 무고죄로, 직원에게 강제로 확인서를 작성하게 한 사실은 강요죄로 인지[12]하여, 여기에 항고사건을 더하여 구속영장을 청구했다.

판사 앞에서 심문을 받던 중[13] 그는 "나이든 여자는 상한 고기와 같다, 뭐가 문제냐"고 오히려 항의하였고, 결국 고령의 나이임에도 불구하고 그 죗값을 치르고 있다.

악성 민원인의 반복적인 민원 정도로 치부되었던 사건을

---

11 사회 고위층 인사에게 요구되는 높은 수준의 도덕적 의무를 말한다.

12 범죄자를 처벌하기 위해서는 인지라는 절차를 반드시 거쳐야 한다. 즉 사건을 개시하겠다는 보고 절차다.

13 검찰이나 경찰에서 피의자를 구속하려면 반드시 법원 판사 앞에서 피의자가 변명할 수 있는 기회를 주어야 하는데 이를 법률용어로 구속전피의자심문이라고 한다. 영장실질심사라고도 칭한다.

의심을 가지고 수사하여 숨겨진 실체를 밝혀내고 나아가 장기간에 걸친 다수 고소사건들에 종지부를 찍은, 뜻깊은 사건이었다.

이번에도 처벌하지 못했다면 항고인인 A씨는 원한을 품은 채 여전히 고소를 남발하여 수사기관으로부터 여전히 악성민원인으로 취급받고 있었을 것이고, 병원치료까지 받은 C씨도 트라우마에서 벗어나지 못한 채 고통 받으며 힘겹게 회사생활을 이어가고 있었을 것이다. 피해여성 모두가 아픔을 잊고 행복해지길 바란다.

이 사건을 처리하고 난 후 형사부 검사로서의 자긍심이 느껴졌다. 또한 어느 검사장께서 이를 형사사건 처리의 롤모델 role model 이라고 여러 검사들에게 칭찬하셨다는 말을 전해 듣고, 흡족한 마음을 감출 수 없었다.

나는 롱테일 검사입니다 — 어느 형사부 검사의 단상

가족결혼사기단에 인생을 편취偏取[14]당한 슬픈 여인들

— 분노를 자아내는 이야기 2

 사건이 종결된 지금까지도 피해자뿐만 아니라 그 가족과 여전히 연락하며 건강과 안부를 묻고 있는 사건이다.

 2017년도에 여성 X씨가 검찰청 종합민원실에 찾아와 고소장을 제출하면서 검사인 나와 면담을 요청했다. 고소장을 제출하고자 하는 사람은 종합상담실에서 민원담당자와 상담 후 서류를 접수하고, 통상 검사가 고소인과 직접 상담하지는 않는다. 고소장이 접수되면 검사는 직접 조사가 필요한 경우 외에는 경찰에 수사지휘를 하고, 지휘를 받은 경찰은 조사 후 검사의 승인을 받은 다음 검찰청에 기록을 송치[15]한다.

---

14 남을 속여 재물이나 이익 따위를 빼앗는 것을 말한다.

15 경찰에서 사건을 모두 수사한 후 최종 검찰에 기록을 보내는 것을 송치라고 한다.

나는 일반적인 절차에 따라 고소장을 접수토록 한 후 경찰에 수사 지휘하였고,[16] 이 고소는 다른 고소사건들과 함께 내 기억 속에서 잊혀져갔다.

수많은 형사사건을 처리하느라 바쁜 나날을 보내고 있던 어느날, 갑자기 A씨가 자수하겠다며 나를 찾아왔다. A씨는 내 방[17]에 결혼을 전제로 만난 피해 여성 Z씨에 대한 사기 사건으로 기소중지[18]되어 있었는데, 문득 이상한 느낌이 들었다.

나와 수사베테랑인 정○○ 계장[19](현 사무관)은 전국 검색망을 통해 A씨에 대한 사건들을 확인하여 보았다. 아니나 다를까, 서울과 강원도 등 대한민국 곳곳에서 사기 사건들이 확인되었다. 모두 다 결혼을 추진하는 과정에 발생한 다툼으로 보

---

16 이전에는 고소장이 검찰에 제출되면 검사가 수사지휘 권한이 있어서 경찰에 수사하도록 지휘하고 수사를 마치고 정리가 되면 검사에게 사전에 기록을 보내 검사가 경찰의 수사결과를 검토하고 최종 승인할 수 있었지만 지금은 경찰에 수사종결권이 부여되어 그렇게 처리할 수 없다.

17 검사실은 통상 수사계장 2명과 실무관 1명으로 구성된다.

18 어디에 있는지 소재를 발견할 수가 없어 피의자를 찾을 때까지 사건처리를 중지하는 결정인데, 기소중지 처분된 사건은 각 검사실마다 승계표가 있어서 이전 검사가 기소중지처분을 해 놓고 다른 청으로 전출가면 그 승계검사가 이전 검사의 사건을 이어받아 처리한다.

19 수사를 담당하는 6급, 7급 수사관을 통상 계장으로 호칭한다.

아 혐의가 없거나 기소중지된 것으로 종결되어 있었다. 더욱 눈에 띈 것은, 이번에 경찰에 지휘내린 사건의 고소인 X씨도 관련이 있는 것이었다.

자세한 내막을 확인하여 보니, A씨와 공범으로 기소중지 되어 있던 아버지 B씨가 경찰의 불심검문에 걸려 조사를 받았는데 곧바로 풀려나자 A씨도 가족회의 끝에 수사기관에 자수해도 별 문제가 없겠다고 판단하고 당당하게 검찰청에 자수하였던 것. 그러나 운이 없게도 우리의 수사망에 걸린 것이었다. 가족 전체가 가족결혼사기단이라는 희미한 그림이 그려졌다.

그런데 우리가 조사하고 있는 피해여성 Z씨에 대한 사기사건 단 한 건만으로는 도저히 가족결혼사기단의 전체 윤곽을 드러내기 어렵다는 판단이 들었다. 나는 우리가 확보한 모든 자료를 X씨에 대한 고소사건을 수사하고 있는 경찰서 조사 담당자에게 넘겨주고 A씨에 대한 구속영장을 신청하도록 지휘하였다.

결국 A씨는 구속되었고, 우리 수사팀은 그 사이에 전국 검찰청에 흩어져 있는 관련 사건들을 우리에게 보내 달라는 공문을 발송했다.

구속 사건의 피해 여성 X씨는 우리에게 황당한 이야기를 들려주었다.

"오래 전에 A씨와 사귀다가 헤어졌어요. 그런데 한참 동안 연락도 없었던 A씨가 뜬금없이 저를 찾아와 '열렬히 사랑한다, 우리 다시 시작하자'고 말해 저는 그의 진실함을 믿고 다시 결혼하기로 결정했어요. 당연히 신랑이 될 그의 요구대로 혼수비용, 지참금, 주택구입비 온갖 재정적 지원을 아끼지 않았지요. 또 시어머니는 저에게 간, 쓸개 다 빼줄 것처럼 살갑게 대해주어 이 정도면 A씨랑 결혼해도 행복하게 살 수 있겠다고 생각하고 결혼했지요. 그런데 그 이후 이상한 일들이 일어났어요. 신혼여행을 시아버지 B씨, 시어머니 C씨와 함께 갔는데 이틀 정도 후 갑자기 남편이 자동차를 고치러 서울로 가버린 거예요. 좀 황당하기는 했지만 그러려니 생각하고 시부모들과 함께 허니문을 보냈죠. 그런데 결혼생활을 하던 어느날 회사를 마치고 집에 들어갔더니 시부모와 남편은 도망가고 집안에는 아무도 없더라고요. 거액을 주고 매입했다던 고급 신혼아파트는 알고 보니 월세였어요. 또 심지어 결혼식장에서 사촌 여동생이라고 소개받은 여성은 이미 A씨와 결혼한 처라는 걸 알고 깜짝 놀랐어요. 어떻게 일가족이 제 인생을 상대로 이렇게 사기를 칠 수 있죠?"

이 여성의 말대로 남자들이 결혼을 전제로 여성을 사기 친 경우는 많이 봤지만 이렇게 일가족이 계획적으로 여성의 인생을 놓고 사기범행을 저지른 사건은 처음 보는 것이었다. 우리 수사팀도 당혹감을 감추지 못했다.

드디어 요청했던 모 지청의 사기사건 기록이 우리 청에 도착했다. 나름 경제력이 있는 부유한 가정에서 태어나 별 어려움 없이 자란 피해여성 Y씨는 지인의 소개로 A씨를 만나 정식으로 부부가 되었다.

그런데 결혼 전에 시어머니가 될 C씨는 Y씨의 어머니에게 '부동산 투자로 큰돈을 모았고 아들은 유망한 회사의 직원'이라고 소개하면서 '되팔면 큰 이익이 날 아파트가 있으니 나에게 투자하라'고 자주 유혹하였고, Y씨의 어머니는 예비 사돈인 C씨의 요구를 거절하면 딸이 미움을 받을까봐 이를 거절하지 못하고 큰돈을 투자하였다. 또 남편 A씨는 A씨대로 직장인인 Y씨의 신용카드를 받은 후 자기가 가지고 싶었던 차*와 물건들을 구입하였다.

결혼 후 이들의 요구는 더 심해졌고 Y씨의 어머니는 말과 행동이 다른 이들로부터 사기를 당한 것을 알아채고 딸을 설득하여 이들을 사기죄로 고소하였다. 그러나 '진심으로 사랑한다. 결혼해서 잘살아보자, 잘해주겠다'는 달콤한 말에 속은 Y씨는 A씨를 너무나 사랑한 나머지 부모들과 한마디 상의도 없이 고소를 취소하고 이들과 함께 잠적해버렸다.

일단 피해여성 Y씨의 모친을 불러 사실관계를 확인해보았다. 다소 흥분되어 있는 그녀의 어머니는 7년 동안 딸이 어디 있는지도 모르고 연락도 안 되니 꼭 찾아달라고 사정한다.

일단 구속된 아들 A씨를 기소한 후 우리는 열정을 가지고 가족결혼사기단의 멤버인 전직 공무원 시아버지 B씨와 시어머니 C씨 그리고 피해여성 Y씨를 찾기 시작했다. 그러나 많은 노력에도 불구하고 그들의 흔적을 찾을 수 없었고, 다른 송치사건[20]들에 치여 살고 있던 우리 수사팀은 시간이 흘러갈 수록 점점 그 사건에 집중할 수 없었다. 그러나 이상하게도 이 사건은 다른 사건과 달리 계속 나의 뇌리를 떠나지 않고 무겁게 짓눌렀다.

몇 달이 지난 2017년 12월 어느 날 아침, 어떻게든 Y씨를 찾고 싶다는 강렬한 마음에 출근 도중 정 계장에게 '계장님, 정식으로 추적검거반을 만듭시다. 간부들에게 제안하렵니다. 우리가 반드시 잡아서 사건을 해결합시다'라고 문자를 보낸 후 흠뻑 상기된 얼굴로 사무실에 들어갔다. '어제 밤에 술 드셨냐, 갑자기 왜 그러시냐'고 말하는 정 계장에게 야릇한 미소를 보낸 후 사무실을 나온 나는 곧장 간부들에게 찾아가 추적검거반을 만들어 꼭 딸을 찾아주고 싶다고 호소하였고, 내 말을 곰곰이 들어주시던 간부들은 추적검거반 구성을 흔쾌히 승낙해주셨다. 사라진 피해 여성을 반드시 찾아야 한다는 간절함이 만든 용기였다.

---

20 당시 매달 송치사건을 200건 이상 처리하고 있어서 경찰의 송치사건 처리만으로도 시간이 부족한 상황이었다. 그런데 만약 한 사건에 많은 시간을 투자하면 다른 송치사건 처리를 못하게 되어 처리가 지연된 사건의 고소인은 불만을 갖게 되므로 사건들의 지속 처리와 특정 사건 수사를 병행하는 것은 정말 힘든 일이다.

우리 수사팀은 추적기술을 가진 베테랑 수사관 2명을 충원하여 본격적으로 추적 작업을 재개했다. 그러나 확보한 자료들을 근거로 그들이 머물렀던 장소를 차례차례 확인하였으나 추적의 속도는 더디기만 했다.

그러던 중, 지성이면 감천이라 했던가! 12월 한파가 있던 추운 어느날 집에 퇴근하여 잠을 청하려고 누웠는데 갑자기 우리 방 수사팀 일원인 김 계장으로부터 연락이 왔다. 7년 동안 어디 있는지도 몰랐던 피해여성 Y씨가 추운 날씨에도 슬리퍼에 반팔 반바지 차림으로 시부모들로부터 탈출하여 근처 여관에 몸을 숨긴 후 새벽에 그녀의 어머니에게 전화하였고, 어머니는 급한 마음에 검찰청으로 전화하여 우리 수사팀을 찾은 것이다.

그런데 그날 당직자가 때마침 수사팀인 김 계장이었다. 당직은 검찰청 계장들이 임의대로 순서를 정해 근무하기 때문에 김 계장이 그날 당직을 설 확률은 매우 낮았으니, 이는 우리 수사팀이 보인 열정에 대한 하늘의 응답이었던 것 같다. 덕분에 김 계장으로부터 전화를 받은 나와 정 계장은 빠르게 조치를 취할 수 있었다.

드디어 피해여성 Y씨가 어머니와 함께 검찰청을 방문했다. 피부는 두들겨 맞아서 괴사한 부분도 있고, 온몸에 멍이 들어 성한 곳이 없었다. 그런데 Y씨는 여전히 자기가 사기결혼을 당한지 모르는 상태였고, 그 자들을 두둔하기까지 하였다. 일종의 스톡홀름 증후군[21] 증상이었다.

아무리 이들로부터 여러 여성이 사기를 당했고 당신도 그 피해여성 중 한 명이라고 설명을 해도 그녀는 믿지 않았다. 일단 Y씨로부터 잠적한 7년 동안의 생활을 알아보았는데, 그 이야기가 너무 황당하여 수사팀 모두는 입을 다물지 못했다.

"부모님 몰래 고소를 취소하고 함께 도망간 후 전국 각지를 돌아다녔어요. 갑자기 태도가 달라진 시어머니가 날마다 심한 욕설을 하며 저를 때렸고, 남편인 A씨와 시아버지인 B씨는 이를 모른 체했어요. 항상 친어머니께 '며느리가 되면 어떠한 어려움이 있더라도 참아야 한다'는 교육을 받아와서 친

---

21 스톡홀름 증후군이란 범죄심리학적 용어로 인질이 인질범에게 동화 또는 동조하는 비합리적인 현상을 뜻한다.

정으로 돌아갈 생각은 전혀 할 수도 없었고, 여기서 이겨내야 인정받을 수 있다고 생각하며 온갖 고초를 이겨냈습니다. 제가 온갖 집안일을 도맡아 하는데도 맛있는 것이 있으면 자기들끼리 먹었고, 심지어 인천에서는 그들이 얻어준 조그만 원룸에서 혼자 생활하며 근처 식당에서 일을 하여 받은 월급을 고스란히 시어머니에게 보내주었어요. 고소도 내 마음대로 취하하고 친정에 말도 없이 도망쳐 나온 입장이라 힘들어도 차마 엄마에게 전화할 수가 없었지요. 일단 잘 되어서 찾아뵈면 모든 것을 용서해주실 것이라고 생각하고 이를 악물었죠. 그러던 중 남편 A씨가 검찰청에 자수하러 갔다가 덜컥 구속되어버리자 극도로 예민해진 시어머니는 날마다 저에게 '너 때문에 내 아들이 구속되었다'고 미친 듯이 소리치며 쇠몽둥이로 때리기 시작했고, 도저히 고통을 참지 못해 입고 있던 옷 그대로 허겁지겁 도망쳐 나왔어요."

이야기를 듣고 있던 Y씨의 엄마가 눈물을 흘리기 시작했고, 우리 수사팀은 망연자실한 채 Y씨를 쳐다보고만 있었다.

피해여성 Y씨로부터 단서가 될 만한 내용을 하나하나씩 확인하기 시작했다. 도망친 장소, 평소 그들이 머물렀던 곳, 차량 번호, 핸드폰 번호 등등. 곧바로 확보된 시어머니 C씨의 휴대폰에 위치 추적을 걸었으나 애석하게도 그녀의 휴대폰은 꺼져 있었고, 이들이 머문 숙박집에서도 이미 도망간 뒤였다.

한참 시간이 지나 다시 오리무중에 빠져 있던 중 또다시 하늘에서 희망의 메시지를 전해주었다. 한참 만에 시어머니의 휴대폰이 켜진 것이다. 빠르게 위치추적을 해보니 오래 전에 머물렀던 강원도 민박집 근처였다. 곧바로 정 계장과 추적검거팀 2명을 내보내고 젊은 김 계장에게 급한 서류작업을 맡겼다.

하루 내내 마음을 조이며 기다린 수사팀의 연락은 해가 뉘엿뉘엿 질 무렵에 도착했다. 그토록 기다리던 그들의 검거소식! 그 기쁨은 정말 말로 표현할 수 없었다.

지금도 그들과의 첫 대면을 잊지 못한다. 자신들이 왜 잡혀왔는지 모르겠다고 변명하는 그 뻔뻔함!

이들이 머물렀던 민박집 주인에게 전화를 걸어 이 자들은 가깝게 지낸 사람의 명의를 빌려 대출을 받아 사기를 치고 다니니 혹시라도 명의를 빌려준 적이 있는지, 혹시 모르니 근처 금융기관들을 상대로 본인 명의로 대출이 된 사실이 있는지 확인해보라고 했다. 그런데도 그 민박집 사장은 '당신 누구야, 보이스피싱 아니야'라고 거세게 항의하며 우리말을 믿어주지 않았고, 심지어 경찰을 통해서 우리가 검찰청 검사와 직원인 사실을 확인하였는데도 우리말을 허투루 들었다. 결국 그 분은 시어머니 C씨에게 명의를 빌려주어 수천만 원대 피해를 보았다는 소식을 전해 들었다. 넘쳐나는 보이스피싱 때문에 일어난 웃픈 이야기다.

그런데 이들의 검거과정에서 발생한 에피소드는 지금도 우리가 모일 때면 이야기하며 웃곤 한다.

60세에 가까워가는 정 계장은 다소 연약한 시어머니를, 젊은 수사관 2명은 힘센 시아버지를 검거하기로 사전에 약속했다. 그런데 지역을 둘러보고 있던 중 번호 끝 두 자리가 일치한 승용차를 보고 젊은 두 수사관이 천천히 다가갔는데 근처에서 일을 보고 있던 시어머니 C씨가 눈치를 채고 갑자기 도망쳤다. 두 수사관들은 본능적으로 그녀를 뒤쫓았고, 그 덕분에 잠시 후 현장에 나타난 시아버지 B씨는 오로지 나이든 정 계장의 몫이 되었다.

노장은 살아 있었다. 차량 문에 무릎을 세게 부딪쳤지만 그 고통을 견디면서 운전석에 꽂혀 있는 차량키를 급히 빼고, 차량 운전석에서 심하게 반항하는 B씨를 겨우 제압한 후 수갑을 채웠다. 그런데 운전석 안전벨트가 수갑을 채운 양손 사이에 끼어 B씨가 차에 묶여버린 것이 아닌가. 아무도 도와줄 사람이 없는 상황에서 격렬히 반항하는 B씨의 수갑을 다시 풀고 채워야 하는 암울한 상황. 수갑을 풀어주면 또 다시 격렬하게 반항할 것이라고 걱정하던 정 계장은 다소 기가 꺾인 B씨에게 사정하였다. "수갑을 풀 테니 더이상 반항하지 마요. 우리 둘 다 늙어서 뭔 짓거리입니까."

성공리에 검거를 마쳐 지금은 웃으며 이야기하지만 당시에는 백전노장인 정 계장도 얼마나 긴장했겠는가. 태연하게 시어머니 C씨를 잡아오는 두 젊은 수사관이 그렇게 얄미울 수가 없었다고 한다.

차량을 수색하니 차량 조수석 앞 글로브박스에서 날카로운 회칼이 발견되었는데, Y씨에 따르면 시부모가 검거 대비용으로 준비한 것이었다고 한다. 만약 정 계장이 조금만 늦게 B씨를 제압하였더라면 B씨는 이 회칼을 꺼내들고 격렬하게 반항하였을 테니, 아무 사고 없이 B씨를 검거한 것도 어찌보면 천운天運이었다. 또 시어머니 C씨는 Y씨에게 이 회칼을 자주 들이대며 도망가거나 경찰에 신고하면 찔러버리겠다고 위협하였다고 한다.

검거를 마치고 사무실에서 고참인 정 계장이 미안해하는 젊은 두 수사관에게 화도 못 내고 배신감을 토로하다가 급기야 사무실에서 대기하고 있던 젊은 김 계장에게 "아니 현장에서 범인을 잡는 일은 젊은 네가 하고, 나이 든 내가 사무실에 있어야 하는 것 아니냐, 넌 액션영화도 안 봤냐"고 말하며 화풀이를 했고, 수사책임자인 나는 정 계장의 마음을 위로하는 차원에서 김 계장을 YSB 프로덕션의 정식 회원으로 등록시켜 주었다. 일명 '얍사비'. 이후 우리는 사석에서는 김 계장을 'YSB'로 불렀고, 김 계장은 억울하다고 하소연했다.

피해여성 Y씨에게 남편인 A씨가 다른 여성 X씨와 결혼하는데 왜 지켜보고만 있었느냐고 물어보았다. Y씨는 남편이 결혼대행 업체에서 일을 하고 있는데 신랑 역할을 대신해주고 돈을 받기로 했다고 말해주어 자신은 실제 결혼식이 아니고 연극을 하고 있는 것으로 알았다고 한다. 참으로 어처구니가 없었다.

Y씨에 대한 사건은 일단락 짓고 또 다른 피해여성 Z씨에 대한 수사를 이어갔다.

회사에 다니는 Z씨도 시어머니인 C씨의 작업에 넘어간 것이었다. C씨는 사회에서 만난 Z씨의 어머니 집을 수시로 드나들며 친분을 쌓은 후 역시나 돈 많은 부잣집 행세를 하다가 딸을 며느리로 삼고 싶다고 말하며 아들 A씨를 소개하여주었고, Z씨는 한동안 A씨와 사귀었다고 한다. 실제 결혼식까지 가지는 않았으나 Z씨로부터 사업자금 명목으로 많은 돈을 받아낸 사실이 확인되었다.

그리고 또다른 피해여성 W씨는 실종상태였는데, 이미 7년 동안 실종되었던 피해여성 Y씨를 구출한 터라 수사팀은 이 여성도 어딘가 감금되었거나 살해당하였을 것으로 추측하였다.

그녀의 소재를 찾고 있던 어느날, 우리가 그녀의 행방을 수소문하고 있다는 사실을 전해들은 W씨로부터 전화가 왔다. 흥분된 마음에 자초지종을 이야기해주고 이들이 가족결혼사기단이라고 상세히 설명해주었다. 그런데도 W씨는 A씨를 여전히 사랑하고 있고 교도소 출소 때까지 기다렸다가 결혼할 것이라고 했다.

참으로 이해할 수 없는 답변이었다. 도대체 A씨에게 어떠한 매력이 있어 이렇게 여성들이 매료당하는 것인지 알 수가 없었다. 부디 먼 미래에 W씨가 개과천선改過遷善한 A씨와 행복하게 잘 살기를 바랄 뿐이다.

총 5명의 여성 피해자로부터 합계 18억 원을 편취한 사건은 가족들 모두를 구속하여 기소하면서 마무리되었다.

2017년 크리스마스 이브인 12월 24일, 7년간 실종되었던 피해여성 Y씨와 그 어머니가 검찰청을 방문했다. 정 계장과 함께 회사 앞에 있는 식당으로 모시고 가 소고기를 대접해 드렸는데, 어머니는 지금껏 이렇게 행복한 크리스마스 이브는 없었다고 하신다. 아무렴 그렇지 않겠는가. 7년 동안 생사도 몰랐던 딸과 함께 고기를 먹고 있으니. 그런데 7년 동안 고기를 먹어본 적이 없었다는 Y씨의 갑작스러운 말에 그녀의 엄마와 우리는 아무런 말을 잇지 못했다.

여담으로, YSB 김 계장이 이 사건에서 큰 역할을 한 부분이 있다. 잃어버린 딸을 찾아준 어머니는 수사팀에게 고마움의 표현으로 선물을 주고 싶다고 하시는데 받을 수는 없지 않은가. 거절하는 수사팀에게 극구 사정하는 어머니를 보고 난감해 하던 중 정 계장이 조용히 YSB에게 귀띔을 해주었고, YSB는 복도에서 창밖을 바라보고 있는 어머니에게 다가가 조심스레 말을 건넸다. 뒤에 알고보니 그리 감사한 마음을 전하고 싶으면 검찰청에 감사편지라도 보내달라고 하였단다.

덕분에 국민감동란에 감사편지가 게재되었고, 검찰 이프로스epros 미담사례 게시판에도 올라가 우리 수사팀의 열정이 검찰청 전체에 알려지게 되었다. YSB가 그리 예뻐 보일 수가 없었다. 자기 자랑을 하는 것이 예에 어긋난다고 생각하는 우리 정서에 좀 쑥스럽지 않느냐고 하실 분도 계실 텐데, 그래도 너무 뜻깊은 사건이어서 많은 검사들에게 우리의 열정을 알리고 싶었다. 또 청 간부들도 많은 격려를 해주서서 수사팀과 거하게 기쁨의 소맥 칵테일을 만들어 자축했다.

벌써 시간이 많이 지났다. 최근 피해여성 X씨와 Y씨가 내 사무실에 찾아와 함께 차를 마시며 한참 동안 이야기를 나누었다. 그 때의 아픔을 잊고 각자의 길을 당당하게 걸어가고 있는 그녀들이 너무 멋있었다.

그들은 너무나도 착하고 성실하게 살아온 여성들이라 오히려 사기의 대상이 되었고, 또 이렇듯 뜻하지 않게 만난 큰 시련을 잘 이겨낸 멋진 여성들인데도 인터넷 기사 아래 댓글에는 이들을 무작정 비난하고 상처를 주는 나쁜 글들이 일부 게재되어 있는 것을 보고 너무나도 안타까웠다.

거듭 말하지만 악성 댓글은 그 글의 대상에게 큰 상처를 주고, 그 글을 보는 사람들에게는 마음의 혼란을 초래케 하고, 그 글을 작성한 사람은 이로 인해 자신까지도 피폐해진다. 결국 대상자, 작성자, 독자 모두가 상처를 입는 것이다.

'말을 하는 사람은 한마디 말을 하기 전에 천 마디 말을 제 속에서 먼저 버려야 하고, 글을 쓰는 사람은 한 줄 글을 쓰자면 백 줄을 제 손으로 우선 깎아버리지 않으면 안 된다'는 성현의 가르침을 항상 마음속에 간직하여야 할 것이다.

☞ 사건을 직접 수사하고 처리하면서 정말 가슴 아팠지만 조금이나마 불쌍한 피해자들과 그 가족들을 정신적으로 치유해준 감동적인 이야기라고 자신 있게 말하는 사건이다. 형사부 검사로 사건을 처리하다 보면 이와 같이 결혼을 이용하여 사기범행을 저지르는 것뿐만 아니라 사귀던 연인들이 헤어진 후에 상대방을 사기죄로 고소한 사건들도 많이 보게 된다. 사귈 때는 서로 물질적으로 지원해주다가 사이가 틀어지면 그것은 돈을 빌려준 것이었다는 등 여러 이유로 고소를 하는데, 너무 안타깝다. 그리고 인터넷을 검색해보면 결혼을 빙자하여 돈을 뜯는 못된 사기범들이 너무나 많다. 한번은 중년의 남성이 여성에게 접근하여 '내 아들이 서울○○지검에 있는 모 검사다'라고 하면서 신뢰를 쌓고 깊은 관계

까지 간 후 돈을 뜯어내다가 사기죄로 입건된 사건이 있었다. ○
○지검 모 검사가 아는 후배검사여서 '혹시 자네 부친 존함이 ○
○○이신가?' 하고 물어봤더니 아니라고 해서 한참을 웃었다. '혹
시 맞으면 어떡하나' 하고 혼자 고민했으니 웃을 수밖에. 다들 돈
에 대한 욕심 때문에 생긴 일들이다.

춘추전국시대 법가法家인 한비자는 이런 말을 했다. "사람에게
욕심이 생기게 되면 생각이 혼란스러워지고, 생각이 혼란스러워
지면 욕심이 심해진다. 욕심이 심해지면 사악한 마음이 생기고,
사악한 마음이 생기면 일을 이치에 맞게 처리하지 못해 재앙이 생
기고, 일을 이치에 맞게 처리하지 못해 재앙이 생기면 화와 재난
이 생길 것이다." 다들 욕심이 심해 사악한 마음이 생긴 사람들이
고, 결국 화와 재난이 생긴 사례였다.

신데렐라 꿈속에서 사라진 그녀

— 분노를 자아내는 이야기 3

여러 사건을 처리하였지만 내 마음속에 여전히 빚으로 남아 있는 사건이 있다.

이 사건은 훔친 피해여성의 카드로 250만 원을 결제하여 여신전문금융업법 위반, 피해여성의 임대차보증금 700만 원을 가로채 사기죄로 입건되어 경찰에서 송치된, 어찌 보면 간단한 사건이었다. 이 정도 사건이면 통상 500만 원 정도의 벌금을 처분하는데, 이번에는 이례적으로 사기죄의 최고형인 징역 10년을 구형했다.

이 사건을 소개하자니 현재도 실종 상태로 남아 있는 피해여성이 떠오른다. 이 여성은 치위생사인데 식당에서 기숙하며 종업원으로 일하고 있는 어머니를 수시로 찾아뵙는 지극

한 효녀였고, 적은 봉급에도 저축을 하며 동생에게 용돈까지 주던 착한 언니였다.

이렇게 평온한 삶을 살던 이 여성은 한 남자를 만나면서 모든 삶이 180도로 변한다. 남자는 사실 명문대를 졸업하지도 않은 실업자였고, 그의 아버지는 폐지를 수집하여 생계를 이어가는, 경제적으로 넉넉하지 않은 처지였다.

그럼에도 그는 "나는 명문대를 졸업했고, 이전에 금융업계에 종사하여 연봉이 1억 원이 넘었는데 공무원이 되고 싶어 직장을 그만둔 후 현재는 공부 중이다. 내 부모님은 미국에서 사업을 하시는데, 부자다. 너랑 결혼하면 미국에 가서 함께 살고 싶다"는 감언이설로 여성의 마음을 사로잡아 마침내 연인관계로 발전하게 된다.

여성 동생의 말에 따르면 평소 돈에 궁하지 않던 언니가 이 남자를 만난 이후 수시로 돈을 빌려달라고 요청했다고 한다. 남자는 돈을 물 쓰듯 하여 여성과 자주 말다툼을 벌였는데, 그렇게 교제를 이어가다가 여성에게 일단 여성이 거주하고 있는 집의 임대차보증금을 빼서 유럽으로 신혼여행을 갔다가 부모님이 계시는 미국으로 건너가 살자고 제안한다. 이 말에 신이 난 여성은 주위 사람들에게 멋진 엘리트 남자와 결혼하여 미국에 간다고 자랑하였고, 자신의 어머니와 동생에게도 그 기쁨을 감추지 못했다.

여성은 곧바로 임대차보증금 700만 원을 남자에게 건네주고 병원직장도 그만 두었다. 남자와 함께 렌터카를 빌려 어머니를 찾아가 작별 인사를 드린 후 설레는 마음으로 그의 집에 따라갔는데, 이후 이 여성은 그곳에 짐만 남긴 채 실종되었다.

남자는 여성을 데리고 간 바로 그날 새벽에 여성의 핸드폰을 해지시켰고, 사라진 여성을 찾으려는 어떠한 노력도 없이 태연하게 여성이 남기고 간 지갑에서 신용카드를 꺼내 술을 마시고 또 반환 받은 피해여성의 임대보증금으로 이전부터 사귀어오던 다른 여성과 싱가포르 여행을 다녀오기도 하였다.

당연히 유럽으로 신혼여행을 가거나 미국에서 함께 살 계획은 전혀 없었다. 결국 결제할 때마다 신용카드의 사용문자가 피해 여성의 전화번호를 새롭게 취득한 사람에게 통지되었고 급기야 이 사실이 여성의 어머니에게 전달되었다. 미국에서 신혼생활을 하고 있어야 할 딸의 신용카드가 국내에서 사용되고 있는 것을 이상하게 여긴 어머니의 신고로 수사가 개시되었고, 경찰에서는 남자의 납득하기 어려운 변명, 그리고 사라진 여성 등 의혹투성이인 이 사건을 집중 수사하였다. 그러나 끝내 여성을 찾지 못하고 여신전문금융업법 위반죄와 사기죄만으로 검찰에 사건을 송치하였다.

나는 기록을 면밀히 분석하고 수사경찰관과 상담한 후 남자를 조사하였으나 남자는 여전히 전혀 납득할 수 없는 변명으로 일관하였다.

여성은 어디 갔느냐는 질문에 남자는 집에 도착한 후 양심의 가책을 느껴 모든 것을 사실대로 고백하자 다혈질인 여성이 크게 화를 내면서 집을 뛰쳐나갔고 그 이후 연락이 되지 않는다고 말하였다.

또 여성이 사라진 이후 또다시 렌터카를 빌린 사실을 확인하고 어디 다녀왔는지를 집중 질문하자 남자는 마지못해 답답해서 한강에 다녀왔다고 한다. 도대체 이 여성은 어디에 있는 것일까?

조사를 마친 후 남자가 여성이 사라진 후 보인 상식 밖의 행동, 자신의 죄를 전혀 반성하지 않는 태도 등 여러 점을 고려하여 재산죄의 법정 최고형인 징역 10년을 구형하였다.

이에 1심 법원은 위와 같이 공소제기된 죄명이 간단하고 피해금액이 경미함에도 불구하고 결혼하려던 여성과의 신뢰를 이용하고 이를 철저히 배신하는 등 범행 동기 및 경위, 방법이 매우 불량하고 비난가능성이 크다고 보아 실형 2년을 선고하였다.

이와 유사한 사건으로 아주 오래 전에 〈그것이 알고 싶다〉는 프로그램에서 성인실종에 관한 주제를 다룬 적이 있었다.

당시 사법연수원 동기이자 고등학교 후배인 모 변호사가 어느 여성과 약혼하고 얼마 후 실종되었는데, 수사 결과 후배 변호사가 실종되거나 사망할 경우 고액의 보험금을 지급받는 보험금 수익자가 그 여성으로 되어 있는 보험계약이 체결되어 있다는 사실과 그 여성에게 또다른 남자가 있다는 사실이 확인되었다.

결국 이러한 점을 고려하여 비록 밝혀지지는 않았으나 사실상 살인사건으로 보아 사문서위조죄 등 기소할 범죄의 법정 최고형으로 구형하여 1심에서 실제 그대로 선고가 되었다.

그러나 항소심에서 증거가 없는데도 살인죄에 직접 또는 간접적으로 관여하였을 개연성을 양형에 반영할 수 없다는 이유로 그 형량이 대폭 감경되었다.

위와 같은 판결 사례에 비추어보면 남성에게 다른 죄가 있다고 인정할 증거가 없어 오로지 사기죄와 여신전문금융업법 위반죄로만 양형을 판단하여야 하므로, 징역 2년의 실형 선고는 이례적으로 높다고 볼 수 있다.

이와 같은 점을 근거로 재판을 담당한 공판부에서는 항소를 하지 않겠다는 의견을 제시하였다. 위 선고형에 수긍할 여지가 없는 것도 아니지만 여성이 화를 내며 집을 나갔다는 남자의 주장을 인정하더라도 온갖 거짓말로 속여 그녀의 인생을 송두리째 뺏어버린 파렴치한 행동, 뒤늦게라도 피해 여성

을 찾으려는 최소한의 노력도 하지 않은 채 피해 여성의 임대

보증금으로 이전부터 사귀어오던 여성과 외국여행까지 다녀

온 상식 밖의 행동, 그리고 전혀 반성하지 않는 그의 태도 등

에 비추어 도저히 1심 형량에 만족하기 어려워 공판부에 적

극적으로 항소를 제기하도록 요구하였다.

공판부도 이런 나의 의견을 받아들이고 항소하여 적극 다

툰 결과, 항소심에서는 '이 사건 범행의 죄질, 피해자의 실종

상태에 대한 피고인 책임의 정도, 범행 후의 정황 등을 감안

하면 일반적인 재산죄로서의 사기죄 등에 대한 양형기준을

이 사건 범행에 대하여 그대로 적용하는 것 또한 정의와 형평

의 관념에 비추어 받아들여질 수 없다는 이유로 징역 2년에

서 징역 4년으로 형을 더 높여 선고하였다. 수사검사와 공판

검사의 노력으로 일구어낸 값진 성과였다.

중국 베이징 유학 중 이 소식을 들었을 때의 그 벅찬 감정은

지금도 잊히지 않는다. 그 때가 2015년이니 그로부터 벌써 5

년이 넘었다. 이렇게 시간이 빨리 지나가고 있는데 실종된 치

위생사의 어머니는 하루하루 얼마나 큰 고통 속에서 살고 계

실지. 아마도 1년이 10년 같을 것이다. 딸의 생사도 알지 못하는 어머니는 아직도 찾지 못한 딸을 애타게 기다리고 계실 것 같아 마음이 아프다.

다만 한 가지 말씀드리고 싶은 것이 있다. 많은 국민들이 이 사건의 기사를 보고 남성이 여성을 살해하였을 것으로 단정하여 형량이 너무 적다고 항의하는 것을 보았다. 그 글들을 작성한 사람들의 마음도 충분히 이해한다. 그러나 남성이 여성을 죽였다는 증거가 확보되지 않는 이상 법을 집행하는 검사로서는 이를 속단해서는 안 되고, 여성의 실종에 대한 다방면의 가능성을 고려하여야 한다. 만약 남성의 주장대로 이 여성이 화가 나 집을 나간 후 어떤 다른 원인으로 발견되지 않는 것이라면 이 남성은 억울할 수 있다. 검사는 모든 것을 증거에 의해 판단하여야만 혹시라도 모를 억울한 누명을 막을 수 있기 때문에 기소할 때 신중을 기하여야 한다. 다만 이 사건은 항소심의 선고 내용과 동일한 취지로 형을 높게 구형하였다. 여성이 무사히 복귀하기를 바랄 뿐이다.

이런 가해자를 어떻게 탓하랴

— 마음 아픈 이야기 1

서울○○지검 교통·전담으로 근무할 당시, 처리하면서 고민에 고민을 거듭했던 교통사고 사망사건이다.

피해자는 모 유명대학 로스쿨에 합격한 우수한 학생이었다. 당시 함께 술을 마신 친구의 이야기를 들어보면, 그는 사고 당일 피해자와 가로수길에서 술을 마시면서 로스쿨에 들어가려면 어떻게 공부해야 하는지 조언을 듣고 있었다고 한다. 그런데 한참 술에 취해 이야기하던 중 피해자는 여자 친구의 전화를 받으러 가게 밖으로 나갔고, 그 이후 연락이 되지 않았다고 한다.

피해자는 한 시간 후 한남대교 남단 신사동과 경부선으로 분리되기 직전 부산 방향 편도 6차로 도로의 1차로에서 후드

티를 둘러쓴 채로 반대편 차선 하늘을 보고 서 있다가 진행해 오던 스타렉스 차량에 들이받혀 사망하였다. 왜 피해자가 사람이 올라갈 길도 전혀 없는 그 넓은 도로 1차로에 서서 하늘을 보고 있었는지는 알 수가 없다. 가로수 길에서 도로까지 이어지는 도로 곳곳의 CCTV를 확인하여도 피해자 모습이 드러나지 않아 결국 사고지점까지 가게 된 원인을 규명하는 데는 실패했다. 그런데 피의자, 즉 사고를 낸 사람도 안타까웠다. 피의자는 당시 모 체육대 4년생으로 대학등록금 마련을 위해 아르바이트로 밤늦게까지 일한 후 회사 차를 운전하여 복귀하던 중이었다. 도로를 주행하다가 어두운 도로에 서서 반대편 하늘을 바라보고 있는 피해자를 보고 급히 브레이크를 밟았으나 그대로 들이받았고, 피해자를 보호하기 위해 차량을 뒤로 후진하여 바리케이드를 친 후 재빠르게 피해자에게 뛰어갔다. 넘어진 피해자 옆에 떨어진 피해자의 휴대폰을 집어들고 통화 중이던 상대방 여성에게 급히 상황을 설명해 준 후 119와 경찰에 연락을 취해 구호하였으나 피해자는 사망하였다.

아들을 잃은 피해자의 부모님은 피의자를 엄벌에 처해 달라고 계속 진정을 제기하였다. 사건기록을 검토해보니 비록 경찰에서는 피의자에게 과실이 있다고 보아 기소의견으로 송치하였으나, 당시 피의자는 규정 속도를 크게 위반하지 않았고, 사고 장소도 어두워서 시야가 제대로 확보되지 않은 듯 보였다. 또 사람이 출입할 수 있는 통로도 없고 사람이 통행할 수 없는 도로라 도저히 그곳에 사람이 서 있을 것이라 예측하기가 어려워 가해 학생에게 책임을 묻기가 상당히 어려운 사건이었다.

　한참을 고민했다. 죽은 피해자, 엄벌을 탄원하는 피해자의 부모님을 생각하면 가해학생은 처벌을 해야 할 것 같았고, 전혀 말도 안 되는 사고 야기자가 된 가해 학생을 처벌하는 것도 양심에 반하는 일이었다. 결론을 내리기가 쉽지 않았다. 계속하여 캐비닛에서 기록을 넣고 빼기를 반복하며 결론을 내리지 못한 채 시간만 흘려보내고 있었고, 그러는 와중에 피해자 부모님의 탄원서는 캐비닛에 쌓여가고 있었다.

　어느날 아침 오랜 고민 끝에 가해 학생에게 책임이 없다는 결론을 내리고 불기소 처분하기로 결정한 후 그 이유서[22]를 작성하기 위해 캐비닛에 보관된 사건을 찾기 시작했다. 나는 지금도 그 이유를 알 수가 없지만 한정된 캐비닛 공간에서 20분 동안이나 사건 기록을 찾았으나 웬일인지 보이지 않았다. 정말 이상했다. 왜 기록이 없는 거지? 아마도 너무 신경을 쓴 탓에 집중력이 떨어져 못 찾았을 수도 있다고 생각하고 자리에 앉아 쉬던 중, 교통사고 사망사건을 혐의가 없다고 처리하는 것에 대한 부담감, 피해자 부모들의 지속되는 탄원 등이 순간 머릿속을 맴돌았다. 경찰에서도 죄가 성립한다는 의견을 제시하며 송치한 이 기록이 보이지 않는 것은 기소를 하라는 하늘의 뜻이 아닌가라는 생각에 또 다시 깊이 고민하기 시작했다. 겨울 밤 9시경 가로등이 켜져 있지만 어두컴컴한 도로, 비록 차만 다니는 6차선 도로 중 1차선에 사람이 서 있었더라도 전방을 제대로 주시하고 진행하였다면 사고를 미연에 방지할 수 있지 않았을까? 또 전방에 희미하게 보이는 물

---

22 죄가 인정되어 기소할 경우에는 공소장을 작성하고, 죄가 인정되지 않는 경우에는 왜 죄가 되지 않은지에 대해 상세히 적어야 하는데, 불기소 하면서 적는 설명을 불기소 이유라고 하고 그 서류를 불기소장이라고 한다.

체를 보면 그래도 의심을 하고 미리 속도를 줄여야 하는 것이 운전자의 의무가 아닌가? 가해 학생은 하루 종일 일을 하고 밤에 퇴근하며 운전하였다면 당시 주의력도 많이 떨어지지 않았을까? 스키드 마크[23]도 그리 길지 않은데 운전 중 졸지는 않았을까? 가해학생에게 피해 학생의 죽음에 대한 책임이 있는지 깊이 고민하다가 운전자의 과실이 조금이라도 있는 경우에는 죄책을 묻는 것이 타당하다는 결론에 이르러 결국 기소하기로 마음을 바꾸었다. 그 결정에 주저주저하며 고민했던 제 마음도 이해해주었으면 좋겠다.

어떤 검사들은 서류에 결재를 할 때 도장에 인주를 묻힌 후 2번까지 찍기도 한다. 그런데 이전에 어느 간부는 결재를 할 때마다 반드시 매번 도장에 인주를 새로 묻힌다고 한다. 인주를 묻히고 결재란에 도장을 찍기 전 그 순간에도 엄청난 고민이 이루어지고 심지어 기소/불기소 그 결론이 뒤바뀔 수도 있기 때문이라고 한다. 이렇든 사건에는 명확히 결정하기 어려운, 일도양단一刀兩斷할 수 없는 그런 사건들이 의외로 많다.

---

23 자동차가 급브레이크를 밟았을 때, 노면에 생기는 타이어의 미끄러진 흔적을 말한다.

그냥 기소하고 사건을 처리하면 될 일이었지만 그래도 이 사고로 위축되어 있을 가해학생에게 따뜻한 말이라도 해주고 싶어 일부러 시간을 내어 그를 사무실로 불렀다. 차를 한 잔 대접하며 잔뜩 긴장하고 있는 조카뻘인 가해학생에게 "○○씨! 누가 거기에 사람이 서 있을 것으로 예상할 수 있겠습니까, 그러나 어찌 보면 전방을 제대로 주시했더라면 피할 여지도 있지 않았을까요. 다만 피해자의 잘못이 너무 크기 때문에 당신만을 탓할 수는 없는 사건이니, 이 건으로 인한 죄책감에 사로잡혀 학교생활을 제대로 하지 못하거나 평생을 트라우마에 빠져 고통받지 않았으면 좋겠습니다"라고 말해주었고 학생은 내 말에 깊은 한숨을 쉬며 고개를 숙였다. 통상 교통사고 사건은 대체로 검찰에서 별도 조사 없이 기소하지만 이 사건만큼은 학생을 불러 따뜻한 말이라도 건네주고 싶었다. 사건 처리과정을 보시고 여러분들이 보기에 정말 소신 없는 검사로 보일 수 있으나, 당시 내 입장에서는 그것이 최선이었음을 이해해주시기 바란다.

　　이 사건이 결국 어떻게 처리되었는지 궁금하여 최근 판결

문을 검색해보니 무죄가 선고된 것을 확인했다. 사실 정말 피의자의 책임을 인정할 수 있는 사건인가 기소하고서도 계속 고민되는 사건이었다.

이 사건과 관련하여 아직도 또 한 가지 풀리지 않는 수수께끼가 있다. 이 사건을 처리한 지 얼마 되지 않은 어느 날, 유학을 같이 다녀온 판사와 술을 마시면서 이 사건 이야기를 들려주었다. 그간 마음고생을 했던 내 속마음을 이야기했더니 판사가 웃으면서 이렇게 말했다. "형님, 그런 사건은 검찰에서 명확히 판단해주셔야지, 법원에 떠넘기면 어떡합니까, 허허." 나는 "나도 최대한 고민 끝에 내린 결론이다"는 말로 답답함을 표현했다. 그런데 집이 같은 방향이어서 새벽에 함께 택시를 타고 한남대교를 지나가는데 바로 사고지점 근처 도로 3차선에 젊은 여성이 서 있었고 운전기사도 놀라 "이 밤에 왜 여자가 여기에 서있지? 별 일이 다 있네!"라고 말하는 것이 아닌가. 난 이 사건이 문득 떠오르며 죽은 피해자의 여자 친구가 아닐까 하는 생각에 그날 잠을 이루지 못했다. 다행히 다음날 교통사고 뉴스는 들려오지 않았다.

이 사고로 인해 운명을 달리한 피해 학생의 명복을 빈다.

유학생의 마지막 전화

― 마음 아픈 이야기 2

이 글을 이야기하기에 앞서 피해자, 피해자의 부모님, 그리고 사고를 야기한 피의자 모두 마음의 평안을 찾기를 간절히 바란다.

교통사고로 죽은 피해자는 외국에서 대학을 다니며 방학 중에는 반드시 한국에 입국하여 부모님을 뵈었다. 피해 학생은 밤에 친구들과 술을 마시고 귀가할 때면 항상 부모님께 집에 들어간다고 전화를 드리는 지극정성인 효자였고, 부모 역시 외아들인 아들과 조금이라도 더 있고 싶은 마음에 전화가 오면 손을 꼭 잡고 항상 마중을 나가 아들과 함께 도란도란 이야기를 나누며 집에 돌아오는, 그런 정말 화목한 가정이었다. 학생은 학교를 졸업하기 전 이미 한국 대기업과 외국 기업 양쪽에 취업 합격통지를 받았는데 부모와 상의 끝에 한국 기업에 취직하기로 결정했다. 마침내 학교를 졸업한 후 모든 것을 정리하고 입국한 바로 그 날 저녁, 학생은 지인들과 축하 파티를 마친 후 평소 하던 대로 귀가 전에 부모님께 전화를 드렸고, 아들의 전화를 받은 부부는 즐거운 마음으로 집을 나섰다. 부부가 손을 잡고 흥겨운 마음으로 걸어가고 있던 중 아들은 술에 취한 채 무단으로 도로를 횡단하고 있었고, 그 이후 부모는 더이상 아들과 연락할 수 없었다. 어두운 밤이라 택시가 도로를 무단으로 건너는 피해자를 발견하지 못하고 그대로 들이받았던 것이다. 외국 유학을 마치고 대기업에 입사까지 한 아들이 귀국 당일에, 그것도 부모가 아들을 마중하기 위해 손을 잡고 걸어가고 있던 그 시간에 운명을 달리했다고 생각하니 마음이 미어질 것 같다.

〈어바웃 타임About Time〉이라는 영화가 있다. 성인이 되던 날 아들이 아버지(빌나이)로부터 놀랄 만한 가문의 비밀을 듣게 되면서 내용이 전개된다. 가문의 비밀이란 바로 시간을 되돌릴 수 있는 능력이 있다는 것. 영화 끝 부분에 주인공인 도널

글리슨은 아버지 장례를 치르기 전 시간을 되돌려 아버지를 만나 마지막으로 포옹하고 즐거운 시간을 갖는데, 나는 그 부분이 아직도 기억에 깊이 남는다. 더구나 아버지 역을 맡은 빌나이는 왜 그리 내 아버지를 닮았는지. 나는 최근 어머님을 하늘나라로 보내드린 후 이 영화를 여러 번 보았는데, 볼 때마다 눈물이 솟았다. 내 얼굴의 눈물을 본 초등학생 딸이 '아빠, 또 우는 거야? 아빠는 맨날 울어' 하며 놀렸다. 시간을 되돌릴 수 있는 능력이 있다면 어떨까. 내게 그런 능력이 있다면 그 사고 학생의 부모님들께 그 능력을 선물하고 싶다. 거듭 고인의 명복을 빈다.

☞ 최근 무단횡단을 원인으로 한 교통사고 사망사건 재판에서 피고인들에게 무죄가 선고되는 일들이 많아지고 있다. 법원에서는 피해자의 사망에도 불구하고 운전자가 피할 수 없는 상황이었는지를 엄격하게 판단하여 만약 피해자의 책임이 너무 클 경우 운전자에게 책임을 묻지 않는 추세로 변해가고 있다. 교통사고 사건의 경우 피의자, 피해자, 그의 주변 가족 모두를 힘들게 하는 것이

므로 교통법규를 반드시 지켜야 하고, 특히 교통사고를 많이 유발하는 음주운전은 어떠한 경우에도 하지 않아야 한다. 그런데 최근 초범도 벌금이 1,000만 원에 이르는 등 처벌이 대폭 강화되었는데도 도대체 음주운전이 줄어들지 않는 이유를 모르겠다.

특히 요즘 전동킥보드를 타고 다니는 사람들이 많다. 카드로 쉽게 결제할 수 있고 아무 곳에나 놓여 있는 전동차를 원하는 목적지까지 타고 가서 그냥 그대로 놔두면 다른 사람이 이를 이용하거나 업체에서 이를 수거해가니 이를 이용하는 국민들은 매우 편하다. 그러나 아파트 앞이나 도로에 아무렇게나 방치되어 있어 통행을 방해하고 사고위험까지도 초래하는 전동킥보드를 보면 약간은 짜증이 난다. 그리고 전동킥보드를 타면서도 헬멧이나 안전장비를 착용한 사람을 본 적이 없다. 더구나 오토바이도 통행할 수 없는 올림픽대로를 그 작은 전동킥보드에 여성 두 명이 타고 가고, 달리는 버스 앞에서 전동킥보드를 탄 젊은 남성이 넘어지는 위험한 상황을 목격한 이후로는, 전동킥보드 교통사고 사건을 달리 보게 되었다. 목숨을 담보로 한 모험을 왜 하는지 걱정이 된다. 공유경제를 실현시켜 경제를 활성화하려는 정책도 중요하나, 법에 위반되는 행위를 묵인할 수는 없다. 급속히 변화하는 사회 환경과 이를 따라가지 못하는 법의 간극을 어떻게 해결할 것인가에 대한 깊은 고민이 필요한 것으로 보인다. 무분별하게 방치된 킥보드에 대해 주차할 곳을 지정하는 등 사회문제를 야기하는 부분에 대해 일정 정도 사회적 합의가 이루어지고 있어 그나마 다행으로 보이나, 전동킥보드의 위험성에 비추어 경제 활성화와 국민의 안전을 잘 조화시킬 수 있는 합리적이고 세심한 법안이 국민적 합의 하에 추가 마련되어야 할 것으로 보인다.

그러나 이러한 문제는 외부적인 강제에 의한 통제보다는 법을 지키려는 국민들 스스로의 자기통제가 무엇보다 중요하다. 이는 곧 바로 자신과 우리 사회를 위한 것이기 때문이다. 자기 홀로 있을 때에도 도리에 어그러지는 일을 하지 않고 삼간다는 신독愼獨이라는 단어를 새삼 떠올려본다.

너무 슬픈 막장 드라마

― 화가 나는 이야기 1

가정폭력을 피해 가출한 자신의 처를 찾기 위해 장인의 묘를 발굴하여 유골을 감추고 이를 무기로 처남과 처제를 협박하는 사람이 세상에 어디 있단 말인가?

혼자였던 피의자는 어렸을 때 현재의 장인을 만난 후 그의 집에 정착했는데 장인은 피의자를 친자식처럼 키우며 사랑을 베풀었다. 이후 큰 딸과 결혼한 피의자는 심한 폭력성향으로 아내를 수시로 때렸고, 이를 견디지 못한 아내가 도망가자 화가 나 아픈 큰처남과 처제에게 자신의 처를 데려오라고 협박하였다.

그런데 뜻대로 되지 않자 급기야 사람으로서는 해서는 안될 일을 벌이고 말았다. 피의자를 거두어준 장인의 묘를 파헤쳐 백골이 된 장인의 유골을 무기로 처가 사람들을 협박했던 것이다.

묘지 근처에서 굴삭기 작업을 하는 것을 보았다는 목격자의 진술에 따라 관내 굴삭기 사업자들을 상대로 모두 확인하였으나 당시 일한 사람이 무언가 잘못되었음을 알고 숨긴 것인지 그 작업자를 끝내 찾지 못했다.

한편 피의자가 대퇴부 등 일부 유골이 들어 있는 박스를 특정 지자체의 공공근로자에게 전해주며 식당에서 일하고 있는 처제에게 전달하려 한 사실을 확인하고, 지자체 공공근로자 모두를 강당에 모이게 하였다. 그들에게 사건 내용을 자세히 설명하고 '피의자로부터 부탁받고 상자를 전달하려 했던 사람이 있는지, CCTV 영상 속 사람을 아는지' 상세히 물었으나 어떠한 결과도 얻을 수 없었다.

CCTV 영상에 지자체의 문구가 기재된 공공근로자 작업복과 유골을 전달한 여성의 얼굴이 희미하게 확인되는데도 왜 찾을 수가 없는 걸까?

피의자는 '분묘를 발굴하지 않았다'고 주장하며 범행을 적극 부인하였고, 달리 어떠한 직접 증거도 확보할 수가 없었다.

피의자가 범행을 저질렀다고 볼 만한 간접 증거[24]들은 많이 있으나 범죄를 입증할 명확한 직접 증거가 없는 상황에서 어떻게 처리해야 할 것인지 깊이 고민하던 중, 문득 이전에 가르침을 주셨던 선배의 말이 떠올랐다.

잠깐 그 사건 이야기를 해야겠다. 여러 명이 모텔에 모여 카드로 도박을 한 사건이었다. 신고를 받고 출동한 경찰관들에게 문을 열어주지 않아 강제로 여는 데만 한 시간이 걸렸는데, 문을 열고 들어가 보니 쓰레기통에 수북이 쌓인 담배꽁초, 사기도박을 방지하기 위해 떼어놓은 천장의 전등 뚜껑, 냉장고 속에 있는 수많은 현금들, 밖으로 던져진 카드…… 도박했던 정황이 넘쳐났다.

그러나 그 방에 있던 사람들은 모두 도박을 하지 않고 방금 전에 만나 이야기를 나누던 중이었다고 주장하며 범행을 부인했다. 할 수 없이 이들을 풀어주자 많은 이들이 그대로

---

24 경험상 다툼이 있는 사실의 존부(存否)를 추정케 하는 사실을 말한다.

도망가버렸다. 그런데 그 사건은 직접 증거가 없어 유죄에 확신이 들지 않자 같이 도박했던 사람이 도망가고 없다는 명목으로 참고인 중지[25]되었고 도망한 피의자가 자수하면 또 다시 도망간 다른 피의자를 참고인 중지하는 방법으로 사건처리가 미뤄지고 있었다. [26]

나는 어느날 도망간 여러 도박 피의자 중 한 명이 나에게 자수를 하자 조사한 후 이런 사건을 계속하여 회피하는 것은 직무유기라고 생각하고 바로 부장을 찾아가 "간접증거만으로도 충분히 기소가 가능합니다. 이렇게 범행을 부인하고 반성하지 않은 채 슬슬 수사기관을 떠보는 사람들은 반드시 처벌해야 합니다"라고 보고했고, 이에 부장도 적극 기소하라고 힘을 북돋워주었다.

증거가 부족하여 전혀 기소할 수도 없는데도 무리하게 기소하는 것은 검사 양심에도 반하는 것인데, 이 사건의 경우

---

25 사건이 밝혀지지 않은 가운데 특정인의 진술을 들어보아야 명확히 알 수 있다고 판단하는 경우 특정인의 소재를 계속 탐문하는 것으로 하고 사건을 종결하는 처분이다.

26 기소를 하려면 홀라, 바둑이 등 카드의 방법, 판돈의 규모, 카드게임에 참여한 자 등 공소사실 특정이 필요하다.

그런 사안은 아니니 독자들께서 오해 없으시기를 바란다. 결국 도박 피의자들 전체를 기소하여 전원 유죄가 선고되었다.

참고로 당시 부장은 내가 경험이 많지 않던 시절, 실수를 한 나에게 아무런 질책도 하지 않은 채 물끄러미 바라보더니 "후배 검사들의 과실果實을 따먹는 것도 부장이고, 후배 검사들의 과실過失을 책임지는 것도 부장이다"라고 말하면서 오히려 나를 위로해주신 멋진 분이시다. 그런 분이기에 이런 사건에도 나에게 결단을 내릴 수 있는 힘을 주었던 것이다.

결국 이 분묘 발굴 사건에 대해 직접증거가 없다는 일부 검사들의 의견에도 불구하고 간접증거가 충분하다고 판단하여 기소하기로 결정한 후, 다음으로 구속영장을 청구할 것인지에 대해 깊이 고민하기 시작했다.

만약 간접증거만으로는 다툼의 여지가 있다거나 방어권 보장이 필요하다는 등의 이유로 법원에서 영장을 기각하면 피의자는 장인의 유골을 영원히 숨길 것이라는 생각에 불구속 기소하기로 결정하고 피의자가 구속에 대한 두려움 때문에 법정에서 자백하기를 기다려보기로 하였다. 역시 예감은 적중했다. 구속이 두려운 피의자는 범행을 모두 자백하고 가족들에게 장인의 유골을 되돌려주었다.

처가 가족들이 크게 기뻐하는 것은 두말할 필요가 없었다. 그러나 안타까운 것은 피의자가 진심으로 뉘우친 것이 아니었기 때문에 가족들은 여전히 피의자에 대한 두려움에 사로잡혀 있었고 그 두려움 때문에 선처를 구하는 탄원서를 법원에 적극 제출하는 것을 보며 법과 현실은 큰 괴리가 있고 법이 모든 걸 지켜주기에는 한계가 있구나 라는 생각에 가슴이 답답해졌다. 가족들이 피의자의 폭력에서 벗어났기를 바랄 뿐이다.

사마천은 "예禮란 어떤 일이 일어나기 전에 막는 것이고, 법法은 일이 일어난 후에 적용하는 것이다"라고 말했다. 모든 사람들을 예禮로 대하는 문화가 우리들의 몸속에 배어 있고 사회 전반에 퍼져 있다면 법法까지 가는 일은 없지 않을까.

위선의 끝판왕

— 화가 나는 이야기 2

    나는 국민참여재판 원년 멤버다. 처음 도입된 국민참여재판 수행을 위해 선발된 검사 10여명이 모 대학에서 말하기 연습, 시선 처리, 목소리 톤, 손의 위치, 신뢰를 주는 몸동작 등 아주 세세한 부분까지 전문적으로 교육을 받았는데, 생소한 경험이어서 매우 낯설었던 기억이 난다.

    이 건은 60대인 피의자가 시골 마을에 혼자 사시는 80대 할머니 집에 들어가 돈을 뺏으려다가 할머니가 격렬하게 반항하자 가재도구 등으로 할머니를 때려 숨지게 한 강도살인 사건이다. 이 사건은 구속된 피의자의 신청에 따라 국민참여재판으로 진행되었는데, 당시 나는 국민참여재판 전담검사로 이 사건 재판을 담당했다.

피의자는 인터넷 소띠 동호회의 회장직을 맡고 있으면서 동호회 게시판에 사랑, 행복, 배려, 인간다움 등 가장 좋은 단어가 포함된 시나 글을 수시로 게재하면서 자신이 마치 고귀한 인품의 소유자인 것처럼 동호회원들에게 인식되게 하였고, 실제 많은 동호회원들이 그런 모습으로 비친 그를 믿고 따랐다.

한번은 피의자가 남의 집에 물건을 훔치러 들어갔다가 도망쳐 나오던 중 담에서 떨어져 다리가 부러졌는데, 인터넷 동호회 게시판에는 마치 일을 하다가 불의의 사고를 당한 것처럼 글을 올렸고, 이에 동호회원들은 안타까워하며 어떤 이는 돈을, 어떤 이는 사골을 보내주며 그를 위로해주었다.

인터넷상에서는 너무도 신사적이고 지적으로 보인 사람이었기 때문에 동호회원들은 피의자가 절도범이고 살인범이라는 사실을 전혀 알 수가 없었다. 동호회원들에게 전화하여 피의자에 대해 물어보아도 오로지 피의자에 대한 칭찬 일색이었다.

사건을 처리하면서 항상 느껴온 것이지만 인터넷을 통해

보여주는 낯선 이의 행동들을 그대로 믿어서는 안 된다. 인터넷을 통한 교류의 한계이다.

재판을 받는 동안 피의자는 배심원들에게 고개를 푹 숙이고 눈물을 흘리며 반성하는 모습을 보여주었다. 그 모습을 지켜보는 내게도 피의자가 잘못을 뉘우치고 있는 것처럼 보였다.

그런데 재판을 마치고 배심원들이 평의[27]를 하는 동안 쉬고 있던 내게 피의자 호송을 책임지고 있던 교도관이 조용히 다가와 말을 건넸다. "검사님, 드릴 말씀이 있는데요, 피의자가 재판 내내 고개를 숙이고 울먹이면서 반성하는 모습 보였잖아요. 그것 다 거짓이에요. 재판정에서 우는 모습을 보이다가도 판사와 배심원이 보이지 않는 구속피의자 대기실[28] 안으로 들어가면 바로 웃어요. 그리고 교도소에서 범죄자들끼

---

27 배심원들이 모여 피의자에 대한 유죄여부와 형량을 논의하고 결정하는 회의로 검사는 참여할 수 없고 재판장은 배석하여 배심원들에게 법적 조언이나 배심원들이 제기하는 의문에 대해 답변해줄 수 있다.

28 법정에는 방청석 옆쪽에 내부 대기실이 있는데 구속된 피고인들이 재판을 받기 위해 대기하는 곳이다. 대기실에 올 때까지 피고인은 수갑, 포승줄 등 계호장비를 착용하고 있다가 재판을 받기 전에 대기실에서 이를 해제한다. 구속피고인들은 재판정에서 수갑이나 포승줄을 푼 상태에서 재판을 받는다.

리 너는 판사, 너는 검사, 너는 변호사, 너희들은 배심원 이렇게 역할을 정해서 모의재판을 하며 사전에 연습을 합니다. 절대 속지 마세요."

정말 헛웃음이 나왔다. 다 연극이었던 것이다. 피의자들에게 많이 속아본 나도 이 정도일 줄은 몰랐다. 검사들이 연습을 위해 하는 모의 참여재판이 교도소 내에서도 있었다니 상상도 못할 일이었다. 문득 재판에서 의뢰인의 무죄를 이끌어내고 좋아했는데 곧바로 자신도 의뢰인에게 속았다는 것을 알고 허탈했다는 어느 변호사의 말이 떠올랐다.

국민참여재판은 일반 국민들을 배심원으로 선정하여 그들로 하여금 판결을 하도록 하는 재판이기 때문에 재판진행 중 많은 에피소드가 발생하는데, 말이 나왔으니 국민참여재판 중 일어난 재밌는 에피소드 하나를 소개해 드리겠다.

요즘은 중요 사건을 참여재판으로 하는 경우 2, 3일에 걸쳐 진행하기도 하지만 참여재판 운영 초기에는 배심원 선정, 증거제시, 평의 등 모든 절차를 당일에 마쳤다.

일반 재판에서는 '누가 뭐라고 하더라'는 진술은 사실을 확인할 수 없기 때문에 말하는 사람을 불러서 사실인지 아닌지를 확인하지 않는 이상 증거로 사용할 수 없다. 그런데 참여재판은 일반 국민들이 판사를 대신하여 판단을 하는데 피의자나 관련인들이 '누가 뭐라 하더라'라고 말하면 일부 배심원들은 실제 확인되지도 않았는데도 그 말을 그대로 믿어버린다.

방화사건에서 재판정에 나온 증인이 '김씨가 불이 난 시점에 라이터를 빌려 달라고 했다더라'라고 말하니 마치 재판을 받는 피고인이 아닌 김씨가 불을 지른 것처럼 오인되어 배심원들이 놀라는 표정이었다.

큰일 났다는 생각이 들어 급히 그 지역 경찰관을 통해 그렇게 말했다는 사람을 찾도록 했는데 논에서 일하고 있는 사람을 힘들게 찾아 확인해보니 라이터를 빌려 달라고 한 적이 없다고 한다.

신속하게 그 사람이 작성한 사실확인서를 재판부에 제출하여 거짓이라는 사실을 배심원들에게 알려줬는데 하마터면 배심원들이 그 말을 믿고 잘못된 판단을 할 뻔했다. 결국 법정에서 허위로 진술한 그 사람은 위증죄[29]로 처벌받았다.

　그런데 위 60대 노인 건은 아쉽게도 이미 평의가 시작되어 교도관이 말한 내용을 배심원들에게 전달할 방법이 없었다. 결국 뒤에 들어보니 피고인에게 속은 배심원들은 강도살인에 맞는 평균적인 선고형보다 더 낮은 형을 제시하였다고 한다. 안타까운 일이었다.

　여하튼 인터넷에서 천사처럼 활동했던 노인이 현실 세계에서는 악마였던 것을 보면서 형량을 마치고 교도소를 출소한 노인이 또다시 이전 동호회 회원들에게 '잠시 외국에 이민 갔다가 왔다'고 속이고 접근하여 사기나 강도 범행을 일삼지는 않을지 걱정이 앞선다.

　요즘 사람들은 인터넷이라는 가상의 현실과 실제의 현실, 이 두 개의 세계에서 동시에 살고 있다. 물건과 먹거리도 시장이나 백화점이 아니라 인터넷에서 대부분 인터넷을 통해 구입하고 있고, 중고물건을 파는 사이트, 안 쓰는 물건을 무료로 제공하는 사이트 등 각종 인터넷 사이트를 통해 많은 거

---

29 법정에서 선서를 한 증인이 거짓말을 하면 위증죄로 처벌된다.

래가 이루어지고 있다. 또한 수많은 채팅방을 통해 모르는 사람끼리도 많은 대화가 이루어진다. 이제는 인터넷 가상공간이 없으면 거의 살 수가 없는 정도에 이르렀다. 그러다보니 이를 이용하여 사기를 치는 사람들이 많고 인터넷 정보를 통해 타인의 개인정보까지 취득하여 피해를 주는 사례도 많이 늘어나고 있다.

특히 만남을 주선하는 사이트는 그 익명성으로 인해 범죄에 이용될 확률이 매우 높으므로 조심하여야 한다. 인터넷 소통의 편리함은 적극 이용하되 익명성에 가려진 범죄의 무서움을 조금이라도 알았으면 좋겠다.

비뚤어진 욕망을 가진 변태남

— 화가 나는 이야기 3

피해자는 어린 여학생이다. 요즘 젊은 아이들은 영톡이니 즐톡[30]이니 이런 채팅방에서 낯선 사람들과 무작위로 채팅을 하고 또 만나서 놀기도 한다. 우리 '꼰대' 세대와는 전혀 다른 문화다. 그런데 어느 곳이나 이를 이용하는 범죄는 있기 마련이다.

무직자인 젊은 남자는 영톡을 통해 무작위로 대화를 신청하여 때마침 같은 대화방에 들어와 있는 어린 피해 여학생과 휴대폰 채팅을 시작하였다. 세상물정을 모르는 여학생은 남자의 현란한 거짓말에 점점 빠져들었고, 화상통화까지 하면서 대화를 나누다가 급기야 남자의 말을 무조건 따라야 하는

---

30 영톡, 즐톡, 앙톡은 모두 무료 채팅 어플이다.

'노예' 신세로 전락하고 말았다.

어떻게 채팅을 하다가 노예가 될 수 있는지 의문을 제기할 분들이 있을 것이다. 그러나 이것은 현실이다.

젊은 남자는 "나는 프로그래머인데 너와 대화를 나누고 영상통화를 하는 도중에 너의 휴대폰에 저장되어 있는 내용을 모두 해킹할 수 있는 프로그램을 설치하였다. 이 프로그램으로 너의 부모님 전화번호를 확인했고, 전화번호를 통해 부모님의 통장 계좌번호와 비밀번호까지 알아냈다. 내 말을 듣지 않으면 너의 부모님 통장에서 돈을 모두 빼버리겠다. 그러니 내가 지금부터 시키는 대로 해라. 그리고 이 사실을 어느 누구에게도 알리지 마라. 만약 알리면 너의 부모를 파산시키겠다"고 말했고, 어린 피해자는 순간 당황하여 이성을 잃고 그때부터 남자의 노예가 되었던 것이다.

젊은 남자는 나체 사진을 찍어 보내달라고 하는 것은 기본이고 여러분들이 상상하는 것보다 훨씬 더 자극적이고 변태적인 성적인 행위를 요구하였으며, 심지어는 일반 사람이라면 도저히 상상할 수 없는 역겨운 변태 행위까지 지시하며 어린 여학생을 자신의 욕망을 채우는 도구로 이용했다.

여학생은 남자의 요구를 거절할 경우 부모님이 재정적으로 심각한 피해를 입는다는 걱정에 말없이 그의 요구를 그대로 따랐고, 어느 누구에게도 말하지 못한 채 오랫동안 속만 태웠다.

이 여학생은 극히 정상적인 평범한 학생이었다. 그 여학생은 그때 무엇에 홀린 것 같다고 하면서 지금도 왜 그 남자의 말을 그대로 믿었는지 이해하지 못하겠다고 한다.

이전에 이런 우스갯소리가 있다. 재판을 받고 있는 피고인이 물로 휘발유를 만들 수 있다고 하자 판사가 말도 되지 않은 소리하지 말라고 야단쳤다고 한다. 그러자 피고인이 "판사님, 저에게 설명할 수 있는 시간 5분만 주십시오"라고 말한 후 물이 어떻게 휘발유로 변하는지에 대해 침이 튀게 설명했더니 한참 동안 듣고 있던 판사가 고개를 끄덕였다고 한다. 물론 웃자고 하는 말이지만 남을 현혹시키는 데 탁월한 능력을 가진 사람들이 있다.

위 사례를 보면서 많은 분들이 이해하기 어려울 것이다. 그러나 범죄는 우리의 상상을 초월한다.

무작위로 발송된 성매매 광고 휴대폰 문자를 보고 전화한 남자가 성을 매수하려고 20만 원을 송금해주었는데 광고 문자를 보낸 사람이 실수로 요금이 잘못 책정되었으니 돈을 더 보내라, 옵션을 추가하지 않겠느냐는 등 여러 방법으로 현혹하여 상당한 금액을 송금하게 하고, 피해자가 사기를 의심하여 환불을 요구하면 급기야 해지하려면 추가로 얼마를 입금시켜야 가능하다고 거짓말하는 등 정상적 판단을 흐리게 하여 어떤 남자는 이런 방법으로 2천만 원까지 사기당한 사건을 처리한 적이 있다. 믿지 못하는 분이 있을 것 같은데, 최근 이런 방법으로 4천만 원까지 손해 본 사건이 언론에 보도되기도 하였다.

또 보이스피싱은 어떤가? 아무리 수사기관에서는 '해킹을 당했으니 다른 곳으로 돈을 이체하라'는 요구를 하지 않는다고 그렇게 홍보해도 여전히 돈을 보내는 사람이 있다. 심지어는 금융감독원 직원을 사칭하며 '계좌가 해킹당하여 돈을 잃어버릴 우려가 있으니 은행에 있는 돈을 모두 인출하여 집 현관 신발장에 보관해놓아라. 그러면 우리 직원이 가서 안전한 곳에 보관해주겠다'는 말에 속아 집 비밀번호까지 범죄자에게 알려주어 돈을 잃는 피해자도 있다. 이런 어처구니없는 수법에 속은 사람들이 한두 명이 아니다.

그리고 몸캠 피싱이라고 들어보셨는지 모르겠다. 대화앱에 예쁜 여성의 사진을 올려놓고 대화를 원하는 남성을 유인한 후 마치 젊고 예쁜 여성인 것처럼 문자를 보내 남성에게 호감을 갖게 한다. 점차 성적으로 유혹하고 다른 여성의 신체를 찍은 사진을 마치 자신인 것처럼 보여주며 영상통화를 요구한 후 곧바로 '화면이 잘 보이지 않는다, 자신이 보내준 앱을 깔아야 선명하게 보인다'고 말하며 특정 앱을 보내주어 남성의 휴대폰에 해킹할 수 있는 프로그램을 설치하도록 한다. 남성 대화자가 성적으로 매우 흥분하면 자위행위하는 영상을 보내도록 요구하고 이 영상을 전송받자마자 곧바로 '누구씨 이제부터 내 말을 잘 들으세요. 만약 돈을 보내지 않으면 자위행위를 하는 영상을 전화번호부에 있는 모든 이에게 보내겠습니다'라고 협박한다. 거짓말 같은가? 아니다. 실제 앱을 통해 휴대폰기기 내에 있는 전화번호를 빼낼 수 있다. 거짓말 같은 이런 사건들이 실제로 많이 일어나고 있다.

보이스피싱, 몸캠 피싱 등에 속지 말자. 특히 보이스피싱은 아무리 조심해도 지나치지 않으니 조금 더 설명하겠다.

최근 검찰수사관을 사칭한 보이스피싱으로 26억 원을 사기 당했다는 뉴스를 본 적이 있다. 수사기관은 통장이 도용되었으니 돈을 이체하라는 등 금원 또는 개인정보와 관련한 사항은 절대로 요구하지 않는다. 수사기관은 그냥 전화상으로 출석요구를 하거나 어떤 사항을 확인차 물어볼 뿐이다. 혹시라도 의심이 나면 전화상대방이 알려준 전화번호는 믿지 말고 114를 통해 확인된 검찰청 전화번호로 직접 전화해야 한다.

또한 전화 상대방이 공공기관 사이트라고 하면서 그들이 보내준 검찰청이나 경찰청, 금융감독원 등 국가기관의 사이트에 주민등록번호 등 개인정보를 입력하라고 하는데, 그것도 보이스피싱의 한 방법이니 이런 경우 절대로 개인정보를 입력하면 안 된다.

또한 돈에 궁한 사람들이 '돈을 받아 전달해주거나, 단말기

나는 롱테일 검사입니다 ― 어느 형사부 검사의 단상

에서 돈을 인출해주면 돈을 준다'는 아르바이트 광고를 보고 불상자로부터 지시를 받고 일당제로 일을 하는데, 이는 보이 스피싱의 총책, 통장모집책, 전달책, 인출책 등 일련의 보이 스피싱 사범 중 인출책 역할을 담당하는 것으로, 자신은 아르 바이트로 돈을 벌려고 한 것뿐이라고 주장하여도 나쁜 일이 라는 것을 정황상 조금이라도 알았다고 인정될 경우 인출책 으로 인정되어 높은 형이 구형되고 실형을 살게 되니, 아르바 이트를 구할 때도 신중을 기해야 한다.

　다른 특이한 방법도 있다. 요즘엔 카카오톡 계정까지 해킹 하여 마치 딸이나 친구인 것처럼 행세하면서 '핸드폰이 망가 져 컴퓨터를 이용해 카톡을 보낸다. 공인인증서가 망가져 급 한 거래처에 돈을 못 보내고 있다. 돈을 빌려주면 공인인증서 고치는 대로 보내주겠다'라고 카카오톡 문자를 보내 이에 속 은 사람들로부터 돈을 가로채는 사건도 많이 발생하고 있다. 그런데 도용당한 친구나 가족들의 카카오계정이 그대로 해 킹당하여 그 사진이나 글이 그대로 보이므로 실제 도용당한 사람과 대화하는 것으로 오인되니 세심한 주의가 필요하다.

보이스피싱 범행 방법이 어디까지 진화할지는 알 수가 없다. 다시 한 번 강조 드린다. 수사기관은 절대로 금융이나 개인정보를 요구하지 않고 돈과 관련된 어떠한 요구도 하지 않는다.

누구에게나 속칭 마(魔)가 끼는 때가 있다. 이런 일을 안 당하면 좋겠지만 사람 사는 세상이 어디 내 마음대로 되던가. 혹시라도 어려움에 처한다면 혼자 고민하지 말고 주위에 도움을 청하고 지혜를 모아 현명하게 대처하시길 바란다.

친구, 돈…… 뭣이 중헌디?

— 화가 나는 이야기 4

    60대 아줌마인 피해자는 피의자와 친한 고향 친구였는데 수억 원을 사기당해 서울 강남에 있던 집도 경매당하고 월세 방을 전전하는 처지로 전락하였다.

    피해자는 "투자를 해서 돈을 많이 벌었다. 나를 믿고 투자 하면 큰돈을 벌 수 있다"는 고향 친구의 말에 이것저것 살펴 보지도 않고 아파트를 담보로 대출을 받아 큰돈을 맡겼다. 그 런데 시간이 지나도 아무런 소식이 없어 친구에게 "아무래도 사기꾼한테 당한 것 같은데 고소를 해야겠다"고 말하자 피의 자는 갑자기 당황하며 "나도 사기를 당한 피해자다. 고소는 내가 알아서 할 테니 너는 걱정하지 마라"고 말하며 피해자를 개입하지 못하게 한 채 한 남자를 고소하였고, 결국 그 남자는 사기죄로 구속되었다.

그러나 피해자는 여전히 돈을 돌려받지 못하였다. 물론 피해자는 친구인 피의자를 믿고 기다리고 있었는데, 몇 달이 지난 어느 날 우연히 같은 처지에 있는 사람을 만나 전해 들은 이야기로 인해 문득 자기 옆에서 함께 아파하며 눈물을 흘렸던 고향 친구가 그 남자와 공범일지도 모른다는 생각에 한참을 고민하다가 마침내 친구를 사기죄로 고소하였다. 그러나 이미 남자 혼자 사기범행을 저지른 것으로 판결이 확정된 상태여서 이를 뒤집지 못하고 이 고소사건은 혐의가 없는 것으로 검찰에 송치되었다.

그런데 이 사건은 항고를 통해 고검에서 다시 조사해보라는 취지로 재기수사명령[31]을 내린 것이었는데, 내가 그 사건을 배당받았을 때는 캐비닛에 송치사건 기록이 가득 차 소파

---

31 지방검찰청 등 원처분청에서 '혐의 없음'으로 처분된 고소사건에 대해 항고인이 항고를 하면 항고청인 고등검찰청에서 기록을 재검토한 후 항고인의 주장이 타당하다고 판단할 경우 원처분청에 다시 수사할 것을 명령할 수 있는데 이것을 '재기수사명령'이라고 한다. 재기수사명령이 내려질 경우 원처분 검사가 아닌 다른 경력검사가 사건을 배당받아 처리하게 된다. 재기수사명령은 수사를 한 후 고검의 승인을 받아야 하므로 일반 사건을 처리하는 것보다 몇 배는 더 신경을 쓰게 되고 그만큼 처리하는데 더 힘들다. 검찰청도 법원의 삼심제도처럼 피해자의 권리를 구제하기 위해 항고, 재항고 제도를 두고 있고 항고는 고등검찰청에서, 재항고는 대검찰청에서 담당한다.

나는 롱테일 검사입니다 ― 어느 형사부 검사의 단상

위에도 기록을 쌓아놓아야 할 정도로 일이 많을 때였다.

어느 일요일, 사무실에서 기록을 보다가 문득 "하나 있는 아파트도 경매로 날리고 허스름한 집에서 사글세로 살고 있다. 나는 돈이 없어 버스를 타고 다니는데 저 자는 뻔뻔하게 외제차 타고 조사받으러 나온다. 세상에 이게 말이 되느냐, 어떻게 시골친구를 등쳐먹을 수 있느냐"며 억울해 하는 피해자의 진술을 보며 안쓰러운 마음에 왜 아줌마가 그리 억울해 하는지 다시 한 번 적극적으로 조사해보고 싶은 마음이 들었다.

피해자에게 자초지종을 알아보기 위해 일요일임에도 불구하고 혹시나 받을까 하는 마음으로 전화를 걸었더니 피해자는 막무가내로 '지금 검찰청에 찾아가겠다'고 하여 당황한 나는 일요일에는 조사를 할 수 없다고 설명한 후 천천히 사정을 들어보았다. 역시나 친구가 이 남자와 공모하였다는 강한 확신이 들었다.

피의자가 그 남자와 자주 어울려다녔고, 남자와 함께 사업설명을 하는 모습을 보았다는 주위 사람들을 확인하여 추가

하는 등 증거를 확보한 후 이미 이 남자가 혼자 범행을 저질 렀다는 내용으로 판결이 확정되었음에도 불구하고 '그 친구 가 남자와 함께 실체가 없는 사업을 만든 후 투자를 권유하여 피해자로부터 금원을 편취하였다'는 내용의 공소사실로 피의 자를 전격 기소하여 유죄선고를 이끌어내었다.

형사부 검사로서 보람을 느낄 때가 이 사건처럼 피해가 자 칫 묻혀버릴 수 있는 사건을 다시 수사하여 마침내 실체를 밝 혀 범죄자를 처벌하였을 때이다.

아무리 돈이 좋다고 하지만 어떻게 고향친구를 상대로 사 기 칠 생각을 했는지, 피해자는 집까지 날리고 알거지가 되었 는데도 어찌 그리 뻔뻔하게 살 수 있는지, 생각할수록 씁쓸한 사건이었다.

사건들을 많이 처리하다보면 사기를 친 사람과 사기를 당 한 사람이 매우 가까운 관계에 있는 경우가 많은데, 평상시에 형님동생 하며 친하게 지내던 사람들이 내 앞에서 온갖 육두 문자를 써가며 서로 핏대를 세우며 싸우는 경우를 많이 보았 다. 아무리 가까운 사이라도 돈 문제에서만큼은 항상 조심하고 또 조심할 일이다.

일단 '나 믿지? 우리 사이에 무슨 계약서야, 서로 믿고 하는 거지'라고 말하는 사람은 아무리 친한 친구라도 절대 믿지 말아야 한다. 처음에 다소 서운하더라도 계약관계를 명확히 해놓는 것이 관계를 오래 유지할 수 있는 비결이다.

또한 '묻지마 투자'는 절대 안 된다. 직접 실체를 확인하고 사업추진 가능성, 진행 정도 등을 어느 정도 파악한 후 스스로 결정하고 계약서도 명확히 작성하여야 한다.

특히 어떤 사업과 동업하면서 운영에는 참여하지 않고 자본만 투자하는 경우 돈을 환수할 수 있는 구체적인 방법을 계약서에 명시하지 않는 이상 그 돈은 이미 남의 돈이라고 보아야 한다. 어떤 분은 수십 년 전에 많은 돈을 투자하였는데 동업자는 가장 좋은 차를 구입하고, 불필요한 직원을 다수 고용하는 등 비용을 늘려 이익이 발생하지 않는 것으로 회계 처리하여 남의 돈으로 사장 행세를 하고 다니고, 막대한 돈을 투자한 사람은 이익금은커녕 투자한 원금도 반환받지 못해 애만 태우고 있는 사건도 있었다. 전문 기술이 요구되는 횟집과 같은 요식업도 자신이 직접 요리를 하거나 요식업에 전문적인 지식이 있지 않은 이상 악덕 요리사를 만나면 그 음식점은 애물단지가 된다.

갈수록 맹자의 성선설性善說보다는 순자의 성악설性惡說이 더 맞다는 생각이 들어 씁쓸해진다.

아무튼 사건이 잘 처리되어서 기분이 너무 좋았다. 다만 검사로서 당연히 해야 할 책무이지만 검사도 사람인지라 일요일에도 나와 기록을 보며 고생해서 좋은 결과를 얻었는데 고맙다는 전화 한 통 주지 않는 피해자가 당시는 조금 야속했다. 피해자가 피해를 배상받고 잘 살고 있기를 바란다.

☞ '사기꾼들은 무조건 본인 말만 들으면 잘될 거라고 긍정으로 가득찬 말만 늘어놓는다. 그 말과 나의 욕심이 결합되면 결국 내가 속는 것이다'라는 혜민스님의 말씀이 가슴에 와닿는다. 결국 별다른 노력 없이 큰돈을 벌 수 있다는 욕심이 있었기에 사기꾼의 말에 쉽게 현혹되었던 것은 아닐까?

가족과 친구를 배신하고, 어린 여학생과 심지어 검사까지 속인

이런 요지경 사건 이외에도 보험금을 타 도박 빚을 갚기 위해 자기 처와 동생들까지 교통사고로 위장하여 죽인 무서운 조폭, 별거 중인 아내가 이혼을 요구하자 이혼서류를 작성해주겠다며 불러내 흉기로 수십 회나 찔러 죽인 비정한 남편 등 우리를 화나게 하는 사건들이 셀 수 없이 많다. 때문에 사건을 처리하는 검사와 수사관도 사건에 감정이 이입되어 쉽게 흥분하는 마음의 병을 앓기도 한다. 그래서 '조사자 마음케어'라는 치료도 받는데, 필자 역시 성범죄 사건을 담당하면서 갑자기 흥분하고 감정을 통제하지 못하는 성질이 생겨 한때 고생하기도 했다. 형사부 검사들은 국민들과 가장 밀접한 사건을 처리하다보니 정말 많은 세상사를 알게 되고 그 이야기 속에서 화내고 분노하며 하루하루를 보내고 있다.

여하튼 이렇게 잘못을 밝혀서 처벌받는 범죄자들도 있지만, 죄를 짓고도 처벌받지 않고 미꾸라지처럼 요리조리 도망가고, 숨고, 죄의식도 없이 떵떵거리며 잘 사는 사람들이 적지 않다. 이럴 때는 《사기열전》을 쓴 사마천의 다음과 같은 말이 생각난다.

"요즘 시대에 들어서면서 행동은 규범을 따르지 않고 오로지 법령이 금지하는 일만을 일삼으면서도 한 평생을 편안하게 즐거워

하며 대대로 부귀가 이어지는 사람이 있다. 그런가 하면 걸음 한 번 내딛는데도 땅을 가려서 딛고, 말을 할 때도 알맞은 때를 기다려 하며, 길을 갈 때는 작은 길로 가지 않고 공평하고 바른 일이 아니면 떨쳐 일어나서 하지 않는데도 재앙을 만나는 사람은 그 수를 헤아릴 수 없을 만큼 많다. 나는 매우 당혹스럽다. 만일 이러한 것이 하늘의 도道라면, 이것은 옳은가 그른가?"

세상살이를 한탄하는 사마천의 이 말과는 달리 '죄를 지은 사람은 반드시 처벌을 받고, 정도를 걷는 사람은 재앙을 만나지 않도록 하는 세상', 그런 정의正義가 바로 서는 세상을 만들기 위해 오늘도 형사부 검사들은 누가 보지 않더라도 밤늦게 기록과 열심히 씨름하고 있다.

3년 동안 죽은 형부를 찾아 헤맨
아름다운 처제

― 감동 있는 이야기

'제가 악성민원인으로 불릴지 모르지만 검사님이 힘든 일에 처했을 때 저처럼 3년 동안 매달리며 헌신적으로 도와줄 그런 사람이 곁에 있나요?'

이는 형부가 교통사고로 사망한 후 형부에게 책임이 있는 것으로 결론이 나자 3년 동안 억울함을 호소한 처제의 이야기다.

가난하지만 순박하고 성실하였던 형부를 교통사고로 잃은 처제는 형부가 교통사고의 가해자로 처리되자 사고현장을 찾아다니며 사고 흔적을 찾고, 심지어 승용차로 사고지점으로 직접 돌진하며 당시 상황을 재현해보는 등 수많은 노력을 거듭했다. 또한 대검찰청, 청와대, 경찰청 감사실 등에 민원을 제기하고 언론기관에 경찰 조사의 문제점을 제보하는 속칭 '악성민원인'으로 불리며 3년 동안 수사기관의 결정에 맞서 외로운 싸움을 벌였다.

사고일로부터 3년이 지난 시점에 처제의 진정을 접수받은 우리 수사팀은 진정사건의 신속한 처리보다는 오랫동안 사건 처리의 문제점을 지적하는 처제의 억울한 마음이 무엇인지, 억울함을 달래줄 수 있는 부분은 없는지 다시 한번 검토해보기로 했다.

당시 송치사건이 많이 쌓여 있어 이미 처리한 교통사고 사건을 다시 볼 시간적 여유가 없는 가운데도, 지침상 정해진 처리기간과는 상관없이 무려 1년에 걸쳐 묵묵히 진정인이 원하는 내용의 조사를 진행하였다.

비록 장시간에 걸친 수사에도 불구하고 새로운 증거를 발견할 수 없어 이전의 결정을 뒤집을 수는 없었지만 처제가 품은 의문들에 대해 친절하게 설명해주면서 '교통사고로 사망한 형부가 꿈속에서라도 나타나 당시 상황을 보여주길 바랄 정도로 우리도 진실을 알고 싶으나 검사도 신神이 아닌 이상

증거에 따라 모든 것을 처리할 수밖에 없었다'고 솔직하게 말하며 처제의 마음을 위로해주었고, 결국 처제도 검사의 진정한 마음을 알고 그 결정을 받아들였다.

3년간 품었던 의혹을 해소한 처제는 장문의 꽃편지와 함께 평소 처제가 마음을 추스를 때 듣는다는 이문세의 〈가로수 그늘 아래 서면〉이라는 노래가 담긴 CD 2장을 선물로 보내주어 감사의 마음을 전했다. [32]

위 노래를 길거리에서 듣기라도 하는 날이면 "어려울 때 검사님 곁에는 헌신적으로 도와줄 누군가가 있나요?"라고 묻던 그 처제가 생각나 내 마음을 애잔하게 만든다.

형사부 검사로서 느끼는 행복감은 이런 것이 아닐까. 거악 척결, 사회부패 근절처럼 대형 사건은 아니지만 이렇게 우리 서민들의 애환을 풀어줄 수 있는 힘, 이것도 국민들이 검사에게 부여한 중요한 권한이자 검사가 이행해야 할 의무이다.

---

[32] 당시는 속칭 김영란법이 제정되기 한참 전이었다. 지금은 사건관계인으로부터 이러한 선물을 받으면 형사처벌을 받을 수도 있다.

사람은 절대 두 번 죽지 않는다

— 애절한 이야기 1

    사람의 마음을 움직일 수 없는 검사는 그 업무를 감당하기도 쉽지 않다.

    죽은 아이는 4살 정도의 어린 아이로 기억한다. 부모는 농사일을 하느라 아이를 돌볼 수가 없어 아이가 들어갈 만한 자주색 대야에 물을 담아놓고 아이 혼자 놀게 한 후 들에 농사일을 하러 나갔다. 일을 마치고 돌아와 보니 아이가 죽어 있는 것이 아닌가? 아무래도 익사한 것 같은데 그 작고 얕은 대야에서 물에 빠져 죽은 것이 이상했다.

    경찰에서는 죽은 원인이 명확하지 않으니 부검[33]을 하겠다고 영장을 신청하여 당시 당직검사였던 내가 그 영장을 청구

---

33 죽음의 원인을 알 수 없는 시체를 의사가 직접 몸을 해부하여 확인하는 것을 부검이라고 한다.

했고 법원에서 발부가 되었다.

부검을 하기 위해서는 사체를 인도받아 부검의사에게 전달해야 한다. 그런데 그 부모들은 너무 슬퍼서 아이의 시체를 경찰에 건네주지 않고 완강하게 버티고 있었다.

"어린 아이가 이리 불쌍하게 죽었는데 또 배를 갈라 두 번 죽게 한답니까, 이렇게 작은 몸에 어디 칼 댈 곳이 있어요? 도저히 아이의 배를 갈라 두 번 죽게 할 수는 없습니다."

사체를 인도받아야 할 경찰관은 부모의 주장을 감당하지 못하고 결국에는 영장담당 검사인 나와 상의도 없이 부모에게 내 사무실 전화번호를 알려주었다.

어느날 평소와 같이 일을 하고 있는데 갑자기 아이의 아버지로부터 전화가 왔다. 다짜고짜 항의하는 아버지를 달래는 데도 상당한 시간이 필요했다. 무려 2시간 동안 아버지와 대화를 나눈 끝에 결국에는 부검을 하기로 결정했는데, 말이 2시간이지 정말 입에 침이 마를 지경이었다.

전화를 받자마자 감정적으로 매우 흥분되어 있는 상태라는 것을 직감한 나는 아이를 잃은 아버지의 심정과 같은 마음으로 공감대를 형성하며 대화를 나누었다. 당시 나도 어린 아이들을 키우고 있는 부모 입장이라 그 분의 마음을 어느 정도 알 수 있었다. 그러나 아무리 서로의 감정을 공유한다고 해도 실제 자식을 잃은 부모의 마음까지 어찌 닿을 수 있을 것인가. 한 시간의 오랜 대화에도 그 부친은 마음을 열지 않았다.

이번에는 지금껏 감정에 호소했던 것과는 달리 국가기관인 검사의 입장에서 부검의 필요성을 주장했으나 여전히 그 부친은 단호했다. 아이를 두 번 죽일 수 없다는 것이었다.

장시간 대화 도중 지금은 퇴직하였지만 이전에 같이 근무했던 선배검사의 말이 문득 떠올랐다. 나는 다시 마음을 가다듬고 아이의 부친에게 간절히 말하였다.

"만약에, 그러니까 만의 하나라도, 아들이 억울하게 죽었을 경우 아이의 영혼은 곧바로 하늘나라로 가지 못하고 오랫동안 구천을 헤맬 수도 있습니다. 혹시라도 모를 타살[34]을 밝혀내 아이의 억울함을 풀어주어 하늘나라로 편하게 가도록 해주는 것도 검사의 의무라고 생각됩니다. 이미 영혼이 떠난 육

---

34 타인에 의해 죽임을 당하는 것을 말한다.

체는 부검을 한다고 해서 두 번 죽는 것이 아닙니다. 도저히 아이가 죽을 수 없는 대야에서 의문의 죽음을 당했는데 만약에 다른 원인으로 죽어 억울해 하고 있다면 어떻게 할 것입니까? 의사에게 절대 아프지 않게 빠르게 부검해 달라고 부탁할 테니 검사인 나를 믿고 아이를 맡겨주십시오."

그제서야 부친은 울면서 승낙을 했다. 진심을 통한 설득은 언제든 통한다는 것이 내 경험상 터득한 진리이다.

같은 예例로, 지방 어느 검찰청에서 있었던 일이다. 생후 몇 개월 되지 않은 영아가 질식사하였다. 나이 어린 부모들과 할아버지는 절대 부검을 원하지 않았고, 초임검사는 역시나 원칙대로 부검영장을 청구했다.

어느날 초임검사가 부장인 나를 찾아오더니 갑자기 눈물을 흘렸다. 그 이유인즉슨 부검영장을 청구하였는데 그 부모와 할아버지에게 설명을 했는데도 막무가내로 항의하러 오기로 했다는 것이다. 초임검사가 무슨 경험이 있겠는가. 마음을 진정시킨 후 유족들이 찾아오면 내 방으로 안내하라고 하였다.

내 방에서 극도로 흥분해 있는 유족들과 천천히 공감대를 형성하면서 오랫동안 대화를 나누었다. 이들도 처음엔 완강히 반대하다가 결국 내 마음을 이해하고 부검을 하기로 승낙했다. 말하는 내내 감정이 복받쳐 흥분하는 어린 부모를 보니 너무 애처로웠다.

부검은 혹시라도 억울한 죽음인지를 밝혀내기 위해 하는 것이다. 이미 사망한 사람을 부검한다고 하여 절대 두 번 죽는 것이 아니다. 누구에게나 주변의 가까운 사람이 이와 같이 황당한 죽음을 당할 수도 있다. 이런 일이 발생하지 않으면 좋겠지만 만약 내 가족이, 내 지인이 원인을 알 수 없는 사인死因으로 갑작스레 사망하고, 그 죽음이 실제로는 범죄에 의해 발생했음에도 나의 감정적인 대응으로 수사가 진행되지 못하여 그 원인이 밝혀지지 않는다면 피해자는 억울함을 호소할 곳이 없게 되니 절대 감정적으로 대응하지 말고 이성적으로 생각해주길 바란다.

☞ 배우들 중에는 드라마나 영화를 찍으며 작품 주인공에 몰입

되어 작품이 끝나도 트라우마에 빠져 한동안 고생하는 분들이 있다고 한다. 검사들도 마찬가지로, 마음 아픈 사건들이 있으면 그 사건에 몰입되어 혼자 많이 슬퍼하고 때론 눈물을 흘리는 경우도 많다. 필자도 한때 살인사건을 처리하면서 그 진범을 찾지 못해 속으로 그 죽은 피해자에게 제발 제 꿈속에 나타나 속시원하게 진실을 이야기해 달라고 빈 적이 있다.

사실 나는 어렸을 때 무지 무서움을 많이 타던 아이였다. 아주 오래전에 방영되었던〈전설의 고향〉이라는 프로그램에서 혹시라도 귀신이 나오면 누나 등 뒤에 숨어 눈과 귀를 틀어막고 누나에게 귀신이 사라졌냐고 묻곤 했던 겁 많은 아이였다. 요즘 유선방송에서 새롭게 그 프로그램을 방영해주는데 지금도 어렸을 때의 생각 때문인지 분장한 귀신이라는 것이 명확한데도 여전히 무서움이 느껴진다.

그런데 이상하게도 검사로서 죽은 지 오래되었거나 부패된 변사체를 검시할 때는 전혀 무섭지 않다. 업무적으로 접근해서 그럴 것이다.

《장화홍련전》을 보면 장화와 홍련이 억울하게 죽어 한을 품고 매일 밤마다 사또를 찾아가는데 부임하는 사또마다 이들을 보고 놀라 죽는다. 그러다 새로 부임한 정부사의 도움으로 한을 풀게 되는데, 검사가 바로 그런 역할을 맡고 있다. 직업과 사명감이 사람을 변화시킨다는 사람들의 말이 맞는 것 같다.

산후우울증에 걸린 산모의 눈물

— 애절한 이야기 2

부부는 둘 다 고아로, 일가친척 없이 조그만 단칸방에서 서로 의지하며 유치원생인 큰 딸과 행복하게 살고 있었다. 그러던 중 둘째 아이를 낳게 되었다. 이때부터 이 부부의 불행은 시작된다.

어느 누구 의지할 사람도 없었던 아내는 남편이 직장을 나간 사이 하루 내내 작은 골방에서 어린 큰 딸과 유아를 돌보았고, 그로 인한 스트레스는 엄청났다. 결국 산모는 산후우울증에 걸리고 말았다.

어느날 낳은 지 얼마 안 된 아이를 돌보던 중 큰딸이 옆에서 계속 칭얼대자 우울증에 시달리던 산모는 세게 밀쳤고, 딸은 그대로 벽에 머리를 부딪쳐 뇌진탕으로 사망하였다.

이 사건은 ○○지방법원에서 최초로 진행한 국민참여재판이었는데, 당시 나도 처음 수행해보는 참여재판이라 떨리는 마음으로 파워포인트를 만들어 자료를 정리하기도 하고 법정에서 할 말을 미리 적어 외우기도 하고 심지어는 처를 앞에 세워두고 연습을 하며 조언을 듣기도 하는 등 많은 노력을 기울였다.

이 사건 피의자인 산모의 딱한 사정을 알고 있었지만 당시 부검을 실시하지 않아 사인이 다발성 장기부전[35]으로 뇌진탕과 인과관계[36]가 명확하지 않은 바람에 유죄 입증을 위해 최선을 다할 수밖에 없는 상황이었다.

증언할 시간이 되자 남편이 이제 갓 낳은 어린 영아를 등에 업고 증언석에 들어섰다. 아이의 엄마는 죄수복을 입은 채 피고인석에, 남편은 증인석에, 아이는 아빠의 등 뒤에서 엄마를 똘망똘망 쳐다보고 있는 모습을 보고 점차 내 목소리에 힘이

---

35 간, 신장, 심장 등 우리 몸속의 여러 장기들이 제 기능을 하지 못하고 멈추거나 심하게 저하되는 상태를 말하는데, 세균이나 바이러스가 인체 내로 들어왔을 경우나 교통사고나 추락사고 등 강력한 외부 충격이 발생했을 경우 등 여러 원인에 의해 발생할 수 있다.

36 어떤 사실과 다른 사실 사이의 원인과 결과 관계를 말한다.

빠지기 시작했다.

겨우 증인신문을 마치고 우울한 마음으로 재판을 마무리한 후 배심원들의 평의를 기다리고 있을 때 휴식을 취하러 법정 밖으로 나간 나는 울고 있는 아이를 업고 있는 남편을 보고 조용히 다가가 말을 건넸다. 애는 어떠냐? 엄마가 없는데 보채지는 않느냐? 분윳값은 있느냐? 하고 물어보았고, 남편은 아이를 볼 사람이 없어 일을 나가지 못해 분유가 떨어져가고 있다고 하였다. 순간 나는 무의식적으로 지갑에서 돈을 꺼내 '결례가 될지 모르겠습니다만 그냥 제 마음이니 이해해주십시오. 얼마 되지 않지만 아기 분윳값에 보태세요'라고 말하였고, 남편은 조용히 감사인사를 했다.

재판이 진행되는 내내 피고인석에서 눈물을 흘리는 산모를 보니 내가 공판검사라는 것을 잊어버릴 정도로 마음이 아팠다. 검사의 최후 논고 시간에 나는 배심원들을 향해 '가슴은 따뜻하게, 그러나 머리는 냉철하게 이 사건을 판단해 달라'는 말로 마무리를 지었다. 다행히도 배심원 만장일치로 집행유예가 선고되었다. 범죄인을 엄하게 처벌하는 것이 임무인 공판검사인 나도 안도의 한숨을 쉬었다.

이 사건이 그 지역 최초 국민참여재판이라 많은 기자들이 법정에 나와 취재를 했었는데, 내 의도와는 다르게 남편에게 돈을 건네줄 당시 공판검사임을 안 기자가 이 내용을 언론에 보도하는 바람에 알려지게 되었지만, 알고보니 산모의 국선 변호인도 산모의 딱한 사정을 알고 기저귀와 유아용품 등을 선물했다고 한다.

비록 법정에서는 치열하게 다투었지만 검사도 변호사도 법정 밖에서는 마음 따뜻한 인간이었다. 늦게나마 이 글을 빌려 따뜻한 마음을 보여준 김 변호사에게 고맙다는 말을 전하고 싶다.

합리적인 재판 결과와 재판 후 뒤따른 따뜻한 온정 때문에 공판검사로서 더 뿌듯함을 느낀 사건이었다. 벌써 10년이 넘었으니 그들의 큰딸도 이제는 중학생이 되었을 텐데, 그들이 지난 과거의 아픔을 모두 잊고 행복하게 잘 살고 있기를 바란다.

하루만 더 버텼더라면

— 시원한 이야기 1

나름 영화에나 나올 법한 이야기다. 이 사건처럼 전개될 확률은 낙타가 바늘구멍을 통과하는 것과 같다고 보아야 할 것이다.

이 사건은 외국에서 10년 동안 연구 개발한 제품의 국내 독점판매권을 주겠다는 달콤한 말로 피해자를 현혹시켜 돈을 투자받고, 또 아파트까지 담보로 제공하게 하여 돈을 빼내려다 고소당한 사기 사건이다. 물론 당시 제품은 개발하지도 못했다.

경찰은, 피해자가 2007년에 보낸 돈 5억 원은 공소시효[37]가

---

37 범죄는 사건 발생일로부터 일정 시간이 지나면 기소할 수 없는데 형사소송법 제249조는 사형에 해당하는 범죄는 25년, 장기 10년 이상의 징역 또는 금고에 해당하는 범죄는 10년, 장기 5년 미만의 징역 또는 금고는 3년을 공소시효로 규정하고 있다. 예를 들어 우리가 흔히 접하는 사기죄의 공소시효는 10년, 교통사고처리특례법위반죄는 7년, 폭행죄는 5년이다.

지난 것으로 보았고, 2008년에 보낸 3천만 원은 단순차용, 즉 돈을 빌린 것이지 사기가 아니라고 결론지어 검찰에 기록을 송치했다. 그리고 이 사건을 배당받은 원처분청 검사도 경찰의 결론이 맞다고 판단하고 그대로 사건을 마무리하였다.[38]

피해자는 "나쁜 놈 말에 속아 5억 원 가까이나 뜯기고 돈을 하나도 돌려받지 못하였는데 혐의가 없다는 게 말이 되느냐, 독점판매권은 개뿔, 내가 사기를 당했는데 이런 결정이 어디 있느냐"고 소리치며 너무 억울해했다.

○○고등검찰청에서 항고사건으로 이 기록을 받았을 때 3천만 원 부분도 공소시효 만료일이 곧 임박해서 내가 이 기록을 볼 시간은 그리 많지 않았다. 검사가 고소사건을 처리하는 도중에 공소시효를 넘겨버리면 큰일이 난다. 감찰을 받는 것은 물론이고 일이 잘 해결되지 않을 경우 사직서까지 제출해야 한다. 그만큼 위험부담이 있어 공소시효가 임박한 사건은

---

38 경찰에서 사기사건 등 고소사건을 조사하여 혐의가 없는 것으로 정리해서 검찰에 올리면 검사가 그 기록을 다시 한 번 검토하고 경찰 결론이 맞으면 그 의견대로 처리를 한다. 그런데 잘못 수사하였거나 법리를 잘못 판단하였으면 검사가 그 기록을 다시 수사하여 기소한다. 이렇게 결과가 바뀌는 경우가 여러분이 생각하는 것보다 의외로 많다. 그리고 이 사건은 경찰에서의 결정을 원처분청 검사가 경찰의 의견이 맞다고 그대로 결론지었는데 상급청인 고검에 근무하던 내가 그 결정을 뒤집은 것이다.

통상 문제되지 않도록 빨리빨리 처리하는 것이 관행인데, 그것을 비난하기도 어렵다. 우리는 이런 사건이 오면 '지금껏 뭐하다가 이제서야 고소하나'라며 속으로 피해자를 원망하기도 한다. 그럼에도 나는 피해자가 이리 억울해하니 원점에서 다시 한번 검토해보기로 하였다.

일단 시간이 없어 다른 사건보다 이 사건에 집중하기로 했다. 피의자는 제일 마지막 받은 3천만 원은 이전에 받은 5억 원과는 전혀 상관이 없는 돈이고, 3천만 원도 단순히 돈을 빌린 것이니 민사 문제라고 목소리를 높였다. 당연히 그도 그럴 것이, 일단 시효가 남아 있는 3천만 원은 이미 공소시효가 완성된 5억 원과 전혀 관계가 없는 것으로 해야 형사처벌을 면할 수 있기 때문이다. 고소인을 다시 조사하고 자료를 모아보니 3천만 원도 결국에는 독점판매권과 상관이 없다고 보기도 어려웠다. 이와 같은 결론에 이르자 그렇다면 3천만 원과 한 덩어리로 볼 수 있는 5억 원 부분도 시효가 지나지 않았다는 것이 되고, 결국 5억 원을 지급받은 부분이 사기라는 사실만 입증되면 피해자가 준 돈 전체에 대해 사기죄로 기소할 수 있었다.

충분히 사기죄가 성립된다는 확신이 들어 거의 매일 밤을 새우면서 기소를 위한 증거를 확보하고 법리를 구성하여 공소시효를 불과 하루 남겨두고 기소하였다.

법원에서도 나의 주장이 그대로 인정되어 피의자에게 징역 2년의 실형[39]이 선고되었다. 하루만 더 지나면 처벌할 수 없게 되는데 결국 사기범을 법정에 세워 단죄하였고, 나아가 피해자의 피해도 배상해줬으니 정말 극적이지 않은가?

별다른 의심 없이 처음에 결론지어진 대로 3천만 원 부분을 단순히 민사 문제로 보고 대충 넘겨버렸다면 이런 이야기를 독자분들께 소개할 수 없었을 것이다. 이렇게 결론을 지어놓고 설명하니 쉬워 보이지만, 사실 사기범들의 교묘한 변명에 깊게 숨겨진 진실을 찾기란 쉽지 않다. 그래서 법원이 1심, 항소심, 대법원 세 번에 걸쳐 재판을 받는 것처럼 검찰도 항고, 재항고 등 여러 불복절차를 마련해놓고 있는 것이다.

---

39 실제 교도소에 들어가 속칭 형을 사는 것이다. 집행유예를 잘 모르시는 분이 있는데 예를 들어 징역 1년에 집행유예 2년이 선고되면 징역 1년이 선고되었으나 교도소에 들어가지는 않고 2년 동안 금고 이상의 죄를 저지르지 않으면 형을 살지 않는 것인데 그 기간 내에 죄를 저지르면 집행유예가 취소되고 선고된 형에 추가로 위 1년을 더하여 교도소에서 사는 것이다.

한 명의 형사부 검사의 노력에 의해 피해자의 억울함이 해결된 것인데, 형사부 검사 한 사람 한 사람의 의지가 얼마나 중요한지 깨닫게 해주는 사건이다. 이것이 형사부 검사의 임무이고 사명이고 보람이다. 그렇다! 이렇게 사회적 약자들, 서민들의 억울함을 풀어주는 것이 바로 형사부 검사다.

화려한 부침개 유세

— 시원한 이야기 2

내가 법정에서 재판을 하면서 답답한 상황에 자주 사용하는 말이 있다. "아니 옛날에는 부침개만 만들어도 이웃들과 서로 나눠먹던 따뜻한 사회였는데 어쩌다가 우리나라가 이렇게 각박한 세상이 되었나요?"

시골에서 자라다보니 이런 정서가 몸속에 체득되어 있다. 봄에는 산에 가득한 진달래꽃을 한움큼 따서 맛있게 먹고, 여름이면 동네 옆을 지나가는 조그만 시냇물을 막아 물웅덩이를 만들어 창피함도 모른 채 옷을 벗고 수영하고, 가을에는 벼옹아리 때문에 어디로 튈지 모르는 논에서 어렵게 구한 고무공을 차면서 이리저리 뛰어다니고, 겨울에는 논에 물을 받아 얼음판을 만들어 썰매를 타는, 요즘은 영화에서나 보는 시골 풍경이다.

　동네 어르신들은 봄철에 품앗이로 모내기를 하고, 특히 내고향은 당시만 해도 삼베옷이 유명했는데 모든 밭에 키가 사람머리 두 배 이상 자라는 얇은 대나무 같은 삼베나무를 심고 수확기가 되면 그것을 베어 마을 앞 어귀에서 큰 구덩이를 파고 불을 지펴 삶아 마을사람 모두가 함께 앉아 그 껍질을 벗겼다. 그런데 내가 검사가 되어서 비로소 이 나무가 마약으로 분류되는 대마라는 것을 알았고, 이전에 낯선 이들이 왜 그 잎과 씨를 몰래 따가지고 갔는지 그 궁금증도 해소되었다. 이렇게 서로 이웃집 숟가락 숫자까지 아는 마을에서 유년시절을 보냈으니 '부침개를 서로 나눠먹던 시절'이라는 말은 나의 법정 단골 사용어가 되었다.

　지방검찰청에서 공판을 담당하던 시절, 피고인석에는 나이 드신 할아버지가 서 계셨고, 마을 사람들 6명이 증인으로 나와 있었다. 마을 사람들끼리 싸우다가 할아버지가 상대방에게 심한 말을 한 것인데, 서로 감정이 상하다보니 명예훼손으로 고소하여 재판까지 온 것이었다.

나는 재판장을 바라보며 잠깐 피고인과 증인으로 나온 마을사람들을 설득할 수 있는 기회를 달라고 부탁했고, 재판장은 흔쾌히 승낙했다. 피고인을 포함한 동네 사람들에게 비록 나이는 제가 어르신들보다 어리지만 대한민국을 대표하는 검사의 자격으로 말씀을 드리겠다고 말을 꺼낸 후 본격적으로 설득에 들어갔다. 나름 공감대를 형성하기 위해 여러 말을 하다가 최종 튀어나온 것이 바로 이것이었다.

'옛날에는 부침개만 만들어도 동네 사람들이 서로 나눠먹으며 정을 나누는 따뜻한 사회였는데 어쩌다 우리나라가 이 지경이 되었습니까. 벌금 낼 돈으로 막걸리 사서 동네 분들과 나눠 마시고 화해하십시오. 여기에서 감정 앞세워 싸우고 나가면 동네에 가서 어떻게 얼굴보고 다니겠습니까, 고개 돌리고 서로 얼굴을 외면한 채 걸어가실 겁니까? 명예훼손은 합의만 하면 처벌되지 않으니, 얼굴 붉히지 말고 서로 손 잡으세요.'

결국 내 말을 이해한 동네 분들은 서로 합의하고 재판을 종결했다. 6명을 증인신문하려면 적어도 1시간 또는 2시간 넘게 걸리는데 합의를 시키고 증인신청을 철회했으니 재판장도 얼마나 좋았겠는가? 재판장과 나는 다음 사건 재판 때까지 기쁜 마음으로 편안하게 쉴 수 있었다. 지금쯤 그 마을 사람들은 어찌 살고 있을지 궁금하다.

이런 일은 시골에서나 가능하다고 생각하고 있던 중, 서울 ○○지검에서 공판을 담당하고 있을 때 한강 자전거도로에서 자전거끼리 부딪혀 사고가 난 사건의 재판을 수행하게 되었다. 법정에서 '별것아닌 것으로 무슨 돈을 그리 많이 요구하냐'는 나이 드신 피고인과 '취직공부 중이고 곧 시험을 앞두고 있는데 사고가 나서 몸 다친 것은 뇌두고라도 공부를 못해 피해가 막심하다'는 젊은 피해자 간에 고성이 오갔다.

역시나 감정싸움이다. 둘이 말다툼하는 가운데 재판은 잠시 지연되었고 이때 문득 이전에 사용했던 방식으로 시도를 해볼까 생각했다가 설마 서울에서 그런 방식이 통할 리가 없다고 생각하던 중 '그래 한번 시도해보는 거야' 하는 생각에 재판장에게 시간을 달라고 요구했다. 또 다시 시작되는 대한민국 공판검사의 부침개 연설, 결국 통했다. 두 사람이 나의 말에 감동받았는지 모르겠지만 서로 합의하고 사건이 원만히 종결되었다.

사람 사는 세상은 시골이나 도시나 다 똑같다는 생각이다. 마음을 열고 서로 이해하면 용서하지 못할 게 없다. 무엇보다 우리의 마음을 여는 자세가 중요하다.

"나이가 들어가면서 모든 일에 지나치게 엄격하면 메마른 고목과 같아 부드러워지려고 애쓴다"는 법정스님의 말씀은 나이든 사람이나 젊은 사람이나 모두에게 적용되는 말이 아닐까.

또 한가지 중요한 팁을 알려드리겠다. 사람들은 자전거 사고를 아주 간단하게 생각한다. 그러나 자전거도 도로교통법, 교통사고처리특례법상 차^車에 해당한다. 술을 마시고 자전거를 타면 음주운전으로 처벌받고, 자전거로 사람을 들이받아 상처를 입히면 교통사고처리특례법에 따라 처벌받는다. 특히 한강변 자전거도로에서 사고가 났는데 벌금 1,500만 원을 선고받은 사례도 있었다.

대부분 전문 자전거 마니아들은 사고에 대비하여 보험을

가입하지만 일반인들은 '자전거 타는데 무슨 일이야 있겠어?' 하는 안이한 생각에 편한 마음으로 술을 마시고 운전하거나 도로 옆에 설치된 자전거도로를 역주행하기도 한다. 역주행으로 달리다가 사고로 상대방에게 상처를 입힌 사람이 사건화 되어서 내가 담당한 적이 있었는데 서로 감정다툼이 심해져 합의가 되지 않아 결국 벌금을 구형하였다. 형사 문제는 그렇다고 하더라도 요즘 자전거는 몇백만 원에서 심지어는 천만 원이 넘는 경우도 많아 사고로 자전거가 손상되기라도 하면 생각보다 많은 비용을 민사상 배상해주어야 한다.

  자전거를 탈 때는 가능하면 안전모 등 안전 도구를 착용하고 교통법규를 준수하면서 자전거도로를 이용하여 조심히 운전하였으면 좋겠다. 다시 한 번 명심하자! 자전거도 차車에 해당한다는 사실을.

* 지금까지 제 마음속에 깊이 남아 있는 몇 가지 사건들을 이야기해 드렸다.

형사부 선배검사들은 이렇게 이야기한다. "캐비닛에 있는 얇은 사건 기록이라고 무시하지 마라. 그 피의자나 피해자에게는 일생에 한번 있을까 말까 한 일이다. 그런데 너희들은 그냥 처리할 하나의 단순한 기록으로밖에 생각하지 않는데, 한 사람의 인생이 담긴 것이니 꼼꼼히 봐라. 한 점의 억울함이 없게 하라."

그렇다. 선배검사들은 아무리 간단한 폭행 사건이라도 이는 한 국민이 처음으로 겪는, 평생 마음속에 남아 상처를 줄 수 있는 큰 사건이므로 후배 검사들에게 담당하고 있는 사건을 단순한 일상 업무로 생각하여 기계적으로 처리하지 말고 마음을 담아 정성껏 처리하도록 강조하고 있다.

필자 역시 선배검사들의 마음을 후배검사들에게 전해주며 대대로 그 따뜻한 마음이 전해질 수 있도록 노력하고 있다.

이제는 형사부 검사의 사소한 이야기를 들려드리고 싶다.

그 마음을 느껴보고 싶으신 분은 다음 장을 넘겨보시기를.

2. 롱테일 검사의 에세이

●

롱테일 법칙의 대명사, 형사부 검사인 저의 마음을 전해드리고 싶다.

지금껏 검사생활을 하면서 느꼈던 생각, 재밌거나 고민했던 사소한 일상들이다.

초임 검사, 볼펜을 책상에 내던지다

나는 사법연수원을 졸업한 후 모 행정부처에 들어가 근무하다가 법조일원화 추진을 계기로 검사로 임용되었다.

당시 3천억 원, 5천억 원이 넘는 많은 정부예산을 감사하는 일을 맡다가 검사로 임관되어 처음에는 간단한 약식사건[40]을 주로 배당받아 처리하였다. 벌금 70만 원, 벌금 100만 원……그래도 수천억 원의 예산을 들여다보던 나인데 이런 작은 금액의 벌금이나 부과하고 있다니 어딘가 한심하다는 생각이

---

40 폭행사건 등 경미한 사건으로 벌금을 청구하는 사건을 말한다. 검찰의 기소에는 벌금형을 구형하는 약식명령청구, 이는 당사자가 재판통지서를 받은 날로부터 7일 이내에 정식재판을 청구하지 않으면 확정이 된다. 아울러 이전에는 불이익변경금지의 원칙에 따라 검사가 구형한 벌금형 이상으로 선고할 수 없었는데 법이 개정되어 법원에서 더 높은 벌금형을 선고할 수 있으므로 정식재판을 청구할 때는 신중을 기해야 한다. 그리고 구공판은 불구속 구공판과 구속 구공판으로 나뉘는데 불구속 구공판은 자유로운 상태에서 재판을 받는 것이고, 구속 구공판은 구속이 된 상태에서 재판을 받는 것을 말한다. 불구속 구공판은 반드시 징역형만을 구형하는 게 아니라 사안의 경중에 따라 벌금형을 구형하기도 한다.

들어 책상에 볼펜을 집어던진 적이 있었다.

또 무수히 쏟아지는 사기·고소 사건들을 보면서 검사가 '돈 받아주는 채권추심기관도 아니고 왜 검사가 돈 떼인 사람들 돈을 받아줘야 하는데?' 하며 초임 동료 검사에게 하소연하기도 했다. 그런데 점점 경력이 쌓여갈수록 이 생각이 얼마나 잘못된 것인지 깨닫게 되었다.

피의자 중에 운전으로 생계를 잇는 사람이 있었다. 당시 그의 봉급 월 100만 원, 그것도 회사 사정이 좋지 않아 격월로 받는 경우가 빈번했던 그가 매달 월세, 가족 생활비, 아이들 학교수업료 등 필요 경비를 지출하고 나면 아이들에게 3만 원짜리 피자 한판을 사줄 여유가 없었다. 조각피자라도 사서 애들을 달래야 했다.

그런데 이렇게 경제적으로 여유롭지 못한 국민들이 상당히 많다. 난 항상 남을 등쳐먹는 사기꾼들에게 '당신은 조각피자의 서러움을 압니까?'라고 자주 묻는다. 이 사건은 100만 원, 저 사건은 200만 원 이렇게 기계적으로 벌금을 부과했던 내가 부끄러워지기 시작하면서 100만 원의 벌금을 부과할까 생각하다가도 볼펜을 들고 비록 죄는 밉지만 부양가족은 몇 명이나 되는지, 생활은 여유로운지 조금 더 고민해본 후 벌금 80만 원, 70만 원…… 이렇게 벌금을 조금 줄여 구형하기도 하였다. 가진 사람들이야 20~30만 원이 얼마 되지 않는 돈이지만 경제적으로 힘든 서민들에게는 상당한 양식을 살 수 있는 큰돈이기 때문이다.

또 한편 사기죄로 고소한 사람들도 얼마나 억울하였으면 이리 고소하였을까라는 생각에 측은지심惻隱之心이 느껴졌다. 기록을 한 번 더 검토해서 잘못 수사된 것은 없는지 살펴보고, 민사 성격이 강한 사건은 검찰에서 시행되고 있는 형사조정제도刑事調停制度[41]를 통해 합의를 할 수 있도록 기회도 제공하였다. 점차 국민들의 어려운 사정을 해결해줄 수 있는 권한이 있다는 사실에 오히려 감사함을 느끼게 되었다.

논어에 군군신신君君臣臣이라는 말이 있다. 임금은 임금으로서 도리를 다하고 신하는 신하로서의 도리를 다하여야 한다

---

[41] 검사가 직접 합의를 유도할 수는 없으므로 외부 민간인들로 구성된 형사조정위원들이 피의자와 고소인을 불러 합의할 기회를 제공하는 제도이다.

는 말인데, 나는 인인검검^{人人檢檢}이라는 말을 만들어봤다. 사람은 사람다워야 하고, 검사는 검사다워야 한다.

그런데 검사답다는 것은 어떤 의미일까? 사실 검사가 너무 사람다워 정^情에 치우치면 사정의 칼이 무뎌지고, 또 검사가 너무 검사스러워 칼에 마음을 담지 않으면 무자비한 살육이 벌어진다. 참 어려운 일이다.

피의자의 어려운 처지만 생각하며 기소유예⁴²를 남발하면 국민들은 법의 무서움을 모르고 만연히 범죄를 저지르게 될 것이고, 그렇다고 각각의 사정을 고려하지 않고 정해진 기준 대로만 엄격하게 법의 잣대를 들이대면 국민들의 정서와 동떨어질 수 있다. 이를 잘 조화롭게 해결하는 것은 결국 검사들의 몫이다.

볼펜을 던졌던 그 때의 철없던 내가 더없이 부끄러워진다.

---

42 죄는 인정되지만 여러 사정을 참작하여 기소를 유예하고 처벌하지 않는 결정이다.

셋이 짜고 치는 고스톱이죠?
누가 모를 줄 알아요!

이 말은 내가 법정^{法庭}에서 실제 피해자로부터 들었던 말이다. 정확히 말하면 재판장과 국선변호인, 그리고 공판검사인나, 즉 법조삼륜^{法曹三輪}이 함께.

국민들은 겉으로 비치는 모습만으로 우리를 판단한다는 사실을 그때 크게 깨달았다. 공판검사[43]는 법정에서 하루 내내 재판을 담당하기 때문에 재판장과 국선변호인과는 매일 같이 생활한다. 검사도 사람인지라 사건과 관련해서는 치열하

---

43 검사는 수사검사와 공판검사로 나뉜다. 수사검사는 검찰청에서 수사만을 담당하고, 공판검사는 국민들이 텔레비전이나 영화에서 보는 것처럼 법복을 입고 법정에서 재판을 담당하는 검사다. 실제 큰 사건, 중요한 사건 등 일부 사건에 한해 수사검사가 직접 재판을 담당하기도 하지만 ─우리는 이를 직관이라고 한다 ─ 대다수 사건은 분리하여 진행되는데 수사검사가 법원에 가서 재판을 담당해야 한다고 하면 우리나라처럼 고소·고발이 많아 사건이 많은 나라에서는 아마도 시간이 부족하여 사건을 처리할 수 없을 것이다. 업무 효율성을 위해 수사를 전담하는 검사와 공판을 담당하는 검사로 나눈 것이다.

게 다투다가도 사건이 없는 잠깐의 휴정시간에는 재판장, 국선변호인과 잡담을 나누기도 한다.

당시 방청석에 있던 한 분이 공판정에서 세 직역의 관계자가 서로 웃으면서 이야기를 나누는 것을 보고 비꼬는 말투로 "응, 셋이 지금까지 짜고 고스톱을 쳤구먼. 누가 모를 줄 알어!"라고 말하다가 급기야 고성을 질렀고, 우리는 뭐라고 변명할 수도 없어 안절부절못했다. 그 분은 우리의 모습을 보고 서로 유착되어 사건을 말아먹고 있다고 확신한터라, 아무리 변명을 해도 우리말을 믿어주지 않았다.

그러나 이 분이 오해하신 것이다. 나의 이전 경험을 소개해 드리겠다. 통상 검사 한 명이 2개 이상의 재판부를 담당하는데 오래 전에는 재판부와 가끔 점심도 함께 하면서 지냈다. 당일은 재판 선고 날이었는데, 무죄 선고 때마다 손가락으로 이마를 두드리는 습관이 있던 나는 다른 날보다도 무죄 선고가 많았던 그 날 이마를 두드리는 빈도가 높았다.

재판장이 식사 시간에 갑자기 나를 보더니 "검사님, 이마가 왜 그리 빨개요?"라고 물어봐서 나는 "재판장님께서 그리 무죄를 쓰시니 제가 이마를 안 두드리겠습니까"라고 말하여 서로 웃은 적이 있었다. 당연히 그 이후로도 인간적인 친밀함과는 관계없이 무죄선고는 여전히 계속되었다. 참고로 공판검사는 무죄를 많이 선고받을 경우 무능한 검사로 평가받기 때문에 유죄 입증을 위해서 최선을 다한다. 참고로 지금은 법원과 그런 교류가 없다.

국민들은 뉴스, 영화 또는 항간의 소문을 통해서 검사와 판사는 모두 서로 유착되어 있다는 선입견을 가지고 있는데, 대다수 검사와 판사들은 전문가로서 스스로의 자존심을 지키며 살고 있다. 비록 친한 사이일지라도 법정에서는 서로 치열하게 다투고 대부분이 엄격하게 선을 지킨다. 판검사는 자존심이 강하여 어떤 재판정에서는 재판장과 공판검사 간에 재판 때마다 신경전을 벌이기도 한다.

오비이락烏飛梨落[44]이라는 말이 있다. 법정에서 서로 거리를 두어야 할 법조인 세 명이 웃으며 이야기를 나누었으니 일반 국

---

[44] 까마귀 날자 배 떨어진다는 뜻으로, 아무 관계도 없이 한 일이 공교롭게도 때가 같아 억울하게 의심을 받거나 난처한 위치에 서게 됨을 이르는 말이다.

민들로부터 의심을 살 법도 하다고 하겠다. 일반 국민들 입장에서는 아무리 우리가 공公과 사私를 명확히 구분한다고 말해도 어찌 믿을 수 있겠는가?

다시 생각해보면 국민들에게 우리 마음을 알아 달라고 하소연할 것이 아니라 그런 오해가 발생하지 않도록 먼저 거리를 두고 서로 경계를 했어야 했다.

또 내부적으로, 외부적으로 그런 시스템을 철저하게 갖추었더라면 국민들이 검찰만 이야기하면 무조건 '검찰은 개혁 대상이야'라고 말하는 일이 없지 않았겠는가? 다만 많은 검사들이 공과 사를 구분하고 있고, 이미 개혁의 최선봉에 서 있다는 사실을 알아주었으면 좋겠다.

아무리 무슨 말을 해도 상대방이 믿어주지 않을 때만큼 답답한 경우는 없는 것 같다. 옛날에 우리 어머님들이 화병에 걸린 이유를 이제는 알 것 같다.

겉과 속이 다른 검사

　요즘 많은 국민들이 검사들을 평가절하하고 있지만 많은 검사들은 "망령되게 움직이지 말고 조용하고, 무겁기를 산과 같이 하라"는 이순신 장군의 말씀대로 살려고 노력하고 있다. 그러나 검사도 한 집안의 구성원이자 인간인지라, 겉과 속이 다르다. 이리 말하면 영화 부당거래처럼 무슨 나쁜 이미지가 연상되는 분도 있으실 텐데, 그런 내용으로 말씀드리는 건 아니다.

　이전에 모 지방에 근무할 때 빌라들이 촘촘히 붙어 있는 빌라촌에서 불이 나 일가족이 모두 불에 타 숨진 사건이 발생하였는데, 타살인지 자살인지 명확하지 않아 직접 검시[45]를 위

45　변사체가 타살에 의한 것인지 현장에 나가 직접 사체를 보는 것을 말하는데 검사는 장갑을 끼고

해 현장에 나가야 했다. 다행히 열악한 주거 환경과 새벽이라는 시간적 제한에도 최선을 다해준 119소방대원들 덕분에 화재가 확산되지는 않아 그나마 다행이었다.

당시 검사로서 당연히 불에 탄 가족 전원의 사체를 일일이 손으로 만져보기도 하고 주위도 둘러보면서 혹시라도 타살에 의한 죽음은 아닌지 꼼꼼히 살펴본 후 현장을 벗어났다.

검사들은 검시 후에도 곧바로 회사로 복귀하여 일을 한다. 그러나 2번에 걸친 유산으로 힘들어하며 매번 명절 때마다 시부모께 잔소리를 듣고 울며 하소연하던 아내가 6년 만에 시험관으로 임신을 했기 때문에 근처 목욕탕에서 바로 몸을 씻고 싶었다. 그 이유는 여러분들도 추측해볼 수 있을 것이다. 이후 목욕탕에 다녀 온 사실을 알게 된 부장으로부터 사무실에 곧바로 들어오지 않았다는 이유로 질책을 맞았지만, 지금 생각해봐도 그 상황이라면 똑같이 행동했을 것 같다.

회사를 마치고 집에 돌아와 현관을 들어서며 아내에게 소

사체를 직접 만져보기도 한다. 이전에 유명한 검사는 두개골을 직접 만져보다 뾰족한 망치로 때려 생긴 구멍을 발견하고 타살임을 확인하여 범인을 검거한 적이 있다.

금을 뿌려달라고 부탁했고, 아내는 말없이 소금을 뿌린 후 나에게 그 연유를 물었다. 어찌 보면 참 유난을 떤다고 할지 모르지만 그 만큼 아이가 절박했던 우리 부부였으니 그럴 수도 있겠다고 넓게 생각해주시면 좋겠다. 나에게는 한없이 부드럽고 좋으신 어머니였지만 유달리 아내를 힘들게 만드셨던 어머니, 돌아가시기 전에 아내에게 해주신 말씀이 아직도 내 맘을 적신다. "○○야, 애 못낳는다고 구박해서 미안하다. 시집살이 시켜서 미안하다." 이 말씀을 하시고 어머니는 일주일 후에 운명하셨다. 아침마다 차를 마시는데 어느날 아내에게 "당신은 참 행복하겠어. 엄마가 그런 말 해주셔서, 응어리진 맘은 다 풀렸지?"라고 말하자 아내는 "왜 내가 다 풀렸다고 생각해? 그런데 어머님이 갑자기 보고 싶네"라고 말하며 눈물을 보였다. 누구나 돌아가신 부모님을 생각하면 눈물이 날 것이다. 그래서 나는 후배 검사들에게 가능하면 매일 부모님께 전화를 드리라고 강요 아닌 강요를 한다.

다시 사건 이야기를 해보자. 당시 사건은 자살로 판명이 났다. 경제적 어려움을 이기지 못한 가족이 집에 불을 질렀던 것이다. 마음이 아팠다. 검사들은 거의 매일 기록에 있는 사진으로 운명을 달리하신 분들을 만나는데, 죽음의 대부분이 경제난 때문이거나 우울증 때문이다. 상당수 많은 검사들이 이로 인해 심리적으로 고통 받기도 하고 조금 심한 검사는 우울증 증상을 보이기도 한다. 우리나라 자살률은 OECD 회원국 평균보다 꽤 높은 편인데, 그만큼 성장한 경제력에 비해 행복지수는 낮다는 방증일 것이다.

요즘 모 방송사에서 세상을 등지고 산속에서 혼자 사는 사람들의 이야기를 다루는 프로그램을 방영하고 있는데, 만나는 이들 중 대부분이 이 프로그램을 선호한다고 말한다. 물론 나도 열렬한 팬이다. 많은 한국 남성들이 이런 프로그램을 시청하고 있는 이유는 무엇일까? 그만큼 삶과 인간관계에 지쳐 힘들다보니 아무도 없는 자연에서 힐링하고 싶은 마음 때문이 아닐까 한다.

아프리카 속담에 "빨리 가려면 혼자 가고, 멀리 가려면 함께 가라"는 말이 있다. 국민소득 100달러이던 시대가 엊그제인데, 어느덧 우리나라는 세계 경제대국이 되었다. 빨리 가는 것도 중요하지만 멀리 함께 가는 것도 중요시하는 문화로 체질을 변화시켜야 하지 않을까?

모르는 사람들에게 검사들은 그냥 무섭게 보인다. 쉽게 접근할 수 없는 사람들이고 또 접했다 하더라도 좋은 만남이 아닌 경우가 대부분이다. 그래서 국민들이 보는 검사는 냉혈인으로 비춰질 수도 있지만 검사들도 다 누구집 자식들이고, 누구의 아빠고 엄마이다. 겉으로는 강해 보이지만 보이는 모습과 실제의 모습은 많이 다르다. 막연한 거리감 때문에 근거 없이 검사들을 비난하고 있는 것은 아닌지 생각해볼 일이다.

검사들도 거짓된 위엄보다는 국민들에게 진술한 모습으로 다가가 '검찰조사를 받으며 자살했다느니, 조사를 받으면서 무서웠다느니' 하는 말이 들리는 일이 없도록 해야 할 것이다.

산처럼 무겁게 하더라도 마음만큼은 바다처럼 넓은 검사들, 겉은 강하면서도 속은 부드러운 검사들이 많아진다면 검찰은 국민들로부터 점차 신뢰를 회복할 수 있을 것이라 생각한다.

긴장 속에 움직이는 검사 25시

이는 형사부 검사들만에게만 해당하는 것은 아니다. 검찰청의 모든 검사들이 일반 국민들의 신병과 관련된 업무를 수행하느라 항상 긴장 속에서 생활하고 있다.

일전에 다른 검사들은 겪어보지 못한 드문 경험을 한 적이 있는데, 모 지청 부장검사로 근무하고 있을 때의 일이다. 부소속 검사실에서 조사를 받던 피의자가 사망하였는데, 검사 생활 중 가장 당황하고 긴장된 순간이었다.

당시 연세가 있으신 피의자가 조사를 받던 중 경미한 어지럼증을 호소하자 휴식을 취하게 해드린 후 다른 날 조사를 받기를 권했다. 그러나 피의자가 조사를 받겠다고 완강히 주장하는 바람에 조심히 조사를 진행하던 중 갑자기 바닥에 쓰러

나는 롱테일 검사입니다 ― 어느 형사부 검사의 단상

졌고, 놀란 담당검사는 급히 119를 부른 후 당황한 표정으로 나에게 보고하였다. 그런데 더 큰 일은 119 구급대원들이 도착하여 건강상태를 체크하였을 때는 모두 정상이었는데 병원으로 이송 중 그만 뇌출혈이 일어났던 것이다. 풍선을 불다 보면 크게 부풀어오르다가 약한 부분이 조그마한 혹처럼 부어오르는 것을 본 적이 있을 텐데, 그처럼 뇌의 혈관이 일부 혹처럼 부풀어오르다가 터졌던 것이다. 나는 급히 병원으로 수사관들을 보내 피의자의 건강 상태를 체크하도록 했는데, 지역 내 조그마한 병원이라 수술시설을 갖추지 못해 피의자는 대도시 병원으로 급히 전원조치 되었다. 병원에 겨우 연락이 닿아 피의자의 상태를 확인해보니 사망하셨다고 하는 것이 아닌가. 눈앞이 깜깜해졌다.

정당한 업무수행 중 발생한 일이라도 조사를 받던 피의자가 사망했는데 어찌 당황하지 않겠는가. 사건 직후 조사 과정에 혹시 검사 또는 수사관의 인권침해는 없었는지 CCTV 자료, 조사자 면담 등 다양한 조사를 진행하여 확인한 결과, 부적법한 사실은 없었던 것으로 확인되었다. 그럼에도 특별히 해당 검사에게는 유족들이 방문하는 경우 불필요한 논쟁은 삼가고 정중하게 모실 것을 지시하였다.

예상대로 발인을 마친 다음날 유족들이 검찰청에 찾아오셨다. 인권침해로 사망한 것이 아니냐고 큰소리로 항의하시는 유족들에게 정중하게 수 시간에 걸쳐 사망자에 대한 조사 과정, 위급 상황 발생 및 조치 등을 상세히 설명 드렸고, 흥분해 있던 유가족들은 점차 안정을 되찾으면서 모든 사실을 이해하였다.

지금도 너무 고마운 것은 사고 발생 후부터 식사도 못하고 있던 담당 여수사관이 생각나 유족들에게 그 사정을 이야기했더니 유족들 역시 여수사관이 병원에서 심하게 떨며 고인의 상태를 살피며 걱정하던 모습이 생각났는지 여수사관의 손을 따뜻하게 잡아주며 국민을 위해 더 열심히 봉사해 달라고 부탁하셨다. 그 덕분에 여수사관은 웃음을 되찾았고 정상적인 생활로 복귀할 수 있었다. 거듭 고인의 명복을 빌며, 이 자리를 빌려 넓은 마음으로 설명을 차분히 경청하면서 상황을 이해해주신 유족들께 깊은 감사의 말씀을 드린다.

검찰청 내에서는 이렇듯 위기 상황이 언제든 발생하니 긴장을 늦출 수 없다. 이전에 《검사내전》이라는 책에서 어떤 아주머니가 쓰러지면서 입에 거품을 내뱉었는데 알고 보니 세탁세제였다는 글을 본 적이 있는데, 아주 이전에는 조사를 받다가 거짓으로 쓰러진 척 연기하는 경우가 많았다. 그런데 혹시라도 담당 검사가 그렇게 생각하고 쓰러진 피의자에게 '지금 장난하는 거냐' 하고 소리치며 응급조치를 늦게 취했다면 주임 검사도, 그 책임자인 나도 피의자의 사망에 대한 책임을 피할 수 없었을 것이다. 생각만 해도 아찔하다. 아무래도 검찰청에 처음 조사를 받으러 오는 국민들은 아무리 배려를 해드려도 긴장상태일 수밖에 없어 위기상황은 언제든 찾아올 수 있다.

한 가지 사례를 더 말씀드리겠다. 아주 오래전에 조사받던 피의자가 도망가 체포영장을 받아놓고 기소중지 되었는데 갑자기 경찰에 체포되어 왔다. 경험이 적은 저호봉 검사가 당황하는 일 중 하나이다.

체포영장으로 피의자를 강제로 조사할 수 있는 시간은 48

시간밖에 되지 않는데 만약 조사 후 죄가 되지 않는다고 생각하면 곧바로 풀어주면 되니 문제될 것이 없지만 구속할 사안이면 조사 후 관련 증거를 추가로 확보하여 그 48시간 이내에 구속영장을 법원에 청구하여야 한다. 시간이 급하다. 그런데 길을 가다가 경찰에 잡힌 순간부터 체포기간이 시작되니 만약 먼 지방에서 검거되어 검찰에 인도된다면 그 때까지 시간이 많이 소요되기 때문에 결국 검사가 조사하여 처리할 시간은 얼마 되지 않는다. [46]

이 사건이 그런 사건이었다. 초임검사였던 나는 당황한 상태에서 한숨도 쉬지 않고 조사를 마친 후 정신없이 구속영장을 작성하여 새벽 3시 법원에 서류를 접수시키고 사건을 마무리 지었다. 당시 신혼 때였는데 새벽 별빛을 보고 집으로 향하는데 마치 번갯불에 콩 구워먹은 기분이었다. 몇 시간밖에 잠을 못잔 후 다시 회사로 출근하였다. 당시는 젊어서 그랬는지 피곤함을 몰랐는데 세월은 속이지 못하나보다. 지금

---

46 이런 사건을 검찰 기소중지 사건이라고 한다. 기소중지는 검찰과 경찰 각 기관에서 모두 하는 사건종결주문인데, 경찰 기소중지자가 경찰에 검거되면 당해 경찰서로 신병이 인계되고, 검찰 기소중지자가 경찰에 검거되면 해당 검찰청으로 인계된다. 실제 불심검문 등 검거활동은 경찰이 하기 때문에 기소중지자는 대부분 경찰에 검거된다.

나는 롱테일 검사입니다 ― 어느 형사부 검사의 단상

은 그리 하라고 하면 못할 것 같다. 그 때의 긴장감은 지금도 잊을 수가 없다.

검사의 하루일과를 보면 기록검토, 조사, 수사지휘, 공소장과 불기소장 작성, 보고서 작성, 중요사건 보고, 민원인 및 변호인 응대 등 하루 종일 거의 쉴 시간이 없다. 바쁜 와중에 이렇게 기소중지된 피의자가 잡혀오기라도 하면 거의 폭탄을 맞은 것과 같다. 사람을 체포하고 구속하는 일이 실감되지 않겠지만 여러분이 평소 생활을 하다가 갑자기 모든 걸 놔둔 채 사회와 단절된 교도소에 들어간다고 생각해보면 그 심각성을 이해할 것이다. 이런 신병에 관련된 일을 다루는 중요한 일이라 검사는 업무를 처리하면서 매 한순간도 긴장의 끈을 풀 수가 없다.

이전에 서울 모 지검에 근무할 때 만 페이지가 넘는 주가조작 구속사건을 처리할 때 기록이 방대하고 내용이 복잡하여 구속기간 내에 처리하기가 쉽지 않아 사건 수사 경찰관을 불러 도움을 받으며 함께 업무를 처리한 적이 있었다. 최선을 다했지만 검찰에 허용된 구속 20일째 마지막 날 6시 반에서야 겨우 최종 결재를 받아 기소했는데, 당시 경찰관이 나에게 "검사님! 제가 검사님 일하는 것을 옆에서 처음 보았는데 검사님이 이렇게 힘든 직업인지 몰랐습니다"라고 말해 웃은 적이 있었다. 그 경찰관과는 지금까지도 그 날의 이야기를 안주거리로 삼아 함께 술잔을 기울이고 있다.

검사는 항시 긴장 속에서 생활하는 멀티플레이어^{multiplayer}다.

마티즈, 그랜저, 페라리……
가장 좋은 차는?

이전에 어느 선배가 식사자리에서 해주신 말씀인데 너무 좋은 말씀이라 그 부장의 허락 하에 후배검사들에게 이야기 해주며 사기를 북돋아주고 있다.

여러분들은 마티즈, 그랜저, 페라리 중에 제일 좋은 차가 무엇이라고 생각하시는가? 이 질문에 대부분은 주저없이 "페라리"라고 대답하실 것이다. 그러나 꼭 그렇지는 않다.

경제적으로 여유롭지 않은 사람이 기름 값이 많이 들고 조금만 고장 나도 비싼 수리비가 드는 페라리를 감당할 수 있을까? 그렇지 않다. 그런 사람들에게는 기름 값도 적게 들고 유지비도 싸게 드는 마티즈가 제일 좋은 차다. 그랜저는 어떤가? 기름도 적정하게 들고 무엇보다 가족들이 함께 편하게 여행할 수 있는 차다. 그래서 평범한 중산층 사람들에게 제일 좋은 차다. 페라리는 어떤가? 경제적으로 넉넉하고 스피드를 즐기는 스포츠광에게 좋은 차다.

검사도 마찬가지라고 생각한다. 검사마다 각자 장단점이 있어 어느 검사가 다른 검사에 비해 훌륭하다고 단언하거나 다른 검사보다 실력이 부족하다고 평가하면 안 된다. 어떤 검사는 공감능력이 뛰어나고, 어떤 검사는 기록에 대한 이해력이 우수하고, 어떤 검사는 수사능력이 뛰어나고, 그렇게 각자의 장점을 가지고 있다. 이는 꼭 검사만 해당하는 것은 아니고 모든 사람들에게도 공통된다고 본다.

이전에 골프를 배운 초창기에 선배 검사가 이런 말을 해주었다. "평생 골프가 재미있는 사람이 있는 반면, 평생 골프가 재미없는 사람이 있다. 골프채는 드라이버, 우드, 아이언, 퍼터가 있는데, 어떤 사람은 '아! 오늘은 드라이버가 잘 맞네, 아! 오늘은 우드가 잘 맞네' 하고, 이도 저도 다 안 맞으면 '아! 오늘은 동반자가 좋네' 하다못해 '오늘은 날씨가 좋네' 하면서 매사를 긍정적으로 보는 사람이 있다. 반면, 어떤 사람은 육

두문자를 써가면서 '아! 오늘 드라이버 정말 안 맞네', '오늘 아이언 정말 안 맞네' 하면서 매사가 불만인 사람이 있다. 누가 재미있게 치는 사람이고, 누가 재미없게 치는 사람인가."

어떻게 생각하느냐에 따라서 세상이 달라진다는 말이다. 평생 나는 이 말을 가슴속에 간직하고 살고 있는데, 내가 마티즈를 탄다고 페라리 탄 사람을 부러워할 것도 아니고, 또 페라리 탄다고 마티즈 타는 사람을 무시할 일도 아니다.

누구에게나 자기의 장점이 있으니 매사를 긍정적으로 생각하고 자신이 가지고 있는 장점을 생각한다면 자신이 얼마나 뛰어난 사람인지 알 수 있을 것이다. 나는 후배검사들에게 자신의 장점이 무엇인지를 빨리 알라고 조언한다. 무조건 남들이 선호하는 부서만 맹목적으로 추종할 것이 아니라 자기의 적성에 맞는 일을 특화시킬 필요가 있고 그래야 효율적으로 일을 할 수 있다고 강조한다.

나는 언젠가 한자사전에도 없고 문법적으로도 맞을 것 같지 않은 단어를 만들어보았다. 단어가 이상하다고 비웃지는 마시라.

검사마다 장단점을 가지고 있는데 검사는 스스로의 장점을 살려야 하고, 관리자인 부장검사는 검사의 단점을 보완해줄 필요가 있다. 그런 의미에서 검사의 성향에 부적합한 부장검사의 종류로 불능지인不能之人, 불감지인不感之人, 부덕지인不德之人으로 구별해보았다.

능력이 부족한 검사에게는 실력을 키워주어야 하는데 그럴 능력이 없는 불능지인인 부장검사가, 능력은 있으나 마음이 다소 메마른 검사한테는 따뜻한 감성을 심어주어야 하는데 이를 줄 수 없는 불감지인인 부장검사가, 항상 화나 있고 절제하지 못하는 검사한테는 덕을 쌓게 해주어야 하는데 이런 능력이 없는 부덕지인인 부장검사가 최악의 부장검사일 것이다. 각 검사의 단점은 보완해주고 저마다 가지고 있는 검사들의 장점은 부각시켜주는 관리자야 말로 가장 진정한 리더상이 아닐까?

이는 회사의 간부와 사원들 간에도 똑같이 적용될 수 있을 것이다.

"머리부터 발끝까지 당신을 빛나 보이게 하는 것은 바로 자신감이다. 당당하게 미소 짓고, 초조함으로 말을 많이 하지 않고, 걸을 때도 어깨를 펴고 활기차게 걷는 것만으로도 충분하다. 주위 환경에 기죽지 않으며, 아니면 아니라고 말할 수 있는 당당함이 필요하다. 당신을 놓치는 사람은 평생 후회하게 될 것이라는 자신감을 가져라. 당신은 앞으로 무한히 발전할 것이고 당신의 노력은 세상 속에서 당신을 빛나게 할 것이다"는 앤드류 카네기의 말처럼 검사 모두는 항상 자신감과 소신을 가지고 사회악을 척결하여 국민들이 살기 좋은 편안한 세상을 만들기 위해 최선을 다해왔다.

외부에서 화려하게 보이는 검사의 이미지와는 달리 처리 못한 사건들[47]에 스트레스 받고 사건처리에 밤을 새우느라 퀭한 눈의 대명사가 되어버린 검사들은 오로지 명예심과 자긍심, 자신감으로 지금껏 버텨왔다고 해도 과언이 아니다.

밖으로 빛나지는 않지만 환경에 기죽지 않고 묵묵히 당당하게 걷고 있는 마티즈 검사, 그랜저 검사, 페라리 검사들이 모두 자랑스럽다.

---

47   우리는 이것을 '미제'라 부른다.

깔대기형, 스폰지형, 설사형……
진정한 리더는?

모든 평검사들이 되고 싶어 하는 중간관리자인 부장검사에게는 세 부류가 있다. '깔대기형', '스폰지형', '설사형'이 그것이다.

이는 일반회사도 마찬가지일 것이다. 조직체계상 어디든 위에서 아래로, 또 아래서 위로, 껄끄럽고 귀찮은 지시나 불만사항을 가운데서 전달해야 하는 악역을 맡은 중간관리자가 있다.

어느 드라마에서 중간관리자를 '낀대'라고 표현하는 것을 본 적이 있다. 혹 낀대라는 단어를 처음 들어보았는가? 모 방송사의 드라마 속에서 부장인 꼰대가 새로 입사한 진상인 신입사원에게 즉석에서 "저녁회식을 하자"고 말하자 '진상'이

'꼰대'에게 "오늘 선약이 있습니다"라고 되받아쳤다. 이때 함께 있던 과장인 '낀대'가 안절부절못하면서 '진상'에게 간곡하게 사정하여 참석 승낙을 받아내자마자 '꼰대'에게 달려가 큰 소리로 "부장님 참석한다고 합니다"라고 외치는 장면이었다.

어디든 '낀대'는 힘들다. '진상'을 두둔하는 젊은 독자들도 언젠가 '낀대'가 될 것이니 '꼰대'나 '낀대'를 욕하지는 말자. 내가 어렸을 때 가장 싫었던 것이 뉴스와 트로트였다. 밤마다 다른 프로를 보고 싶어 하는 나의 의사와는 무관하게 아버지는 뉴스를 고집하셨고, 뉴스가 시작되자마자 어느새인가 다리 달린 옛날 사각 TV에서 흘러나오는 아나운서의 목소리와 아버지의 코고는 소리가 한데 어우러져 법정스님의 '텅빈 충만'이라는 말씀처럼 오묘한 분위기를 연출했고, 화가 난 나는 아버지의 벌려진 입을 손으로 닫는 짓궂은 장난으로 TV 채널 선택권을 뺏은 아버지에게 복수하였다. 왜 그리 뉴스가 싫었던지. 또 트로트는 왜 그리 싫었던지. 그런데 50이 넘어선 나도 이제는 뉴스와 트로트가 좋다. 요즘 트로트 열풍이 불어 젊은 세대도 트로트를 좋아하지만 그땐 그랬었다.

다시 낀대 이야기로 돌아가자. 그 낀대 역할을 중간관리자인 부장검사가 맡고 있다. 그런데 부장검사의 성격에 따라 각양각색의 업무 스타일이 나온다. 지도부에서 지시한 수많은 내용을 가지런히 정리하여 소속 부 검사들에게 지시하고 또한 부 검사들의 수많은 요구나 불만사항을 잘 정리하여 위에 전달하는 '깔대기형', 가장 좋은 유형이다. 위에서 말한 지시나 후배 검사들의 요구를 다 빨아들인 채 나 몰라라 하는 '스펀지형', 아래에서 올린 의견은 완전 무시하고 위에서 지시한 사항은 허겁지겁 추가로 여러 지시사항을 만들면서까지 하달하지만 후배검사들의 의견은 완전히 묵살하는 '설사형'. 조직에 몸담고 있는 사람들이라면 공감되지 않는가?

이 중에 깔대기형이 가장 좋다는 건 검사들 사이에서도 이견이 없다. 스마트 형이다. 이리도 저리도 다 막아버리고 혼자 모든 걸 책임지는 스폰지형이 좋다는 이들도 있으나 이들은 대부분 말이 없고 조용한 스타일로 조직 내에서 주도권을 쥐지 못하는 선비 스타일이다. 설사형은 윗사람들 입장에서는 참 예쁘게 보인다. 알아서 총대를 메주고 또 성과를 달성하니 말이다. 설사형은 지시가 떨어지자마자 회의를 소집하고 호들갑을 떨면서 부 검사들을 무조건 닦달하며 기한 내에 결과물을 도출하라고 강요하여 후배 검사들에게 온갖 스트레스를 주는 악덕형이다. 후배검사들에게 가혹하리 만큼 심한 부담을 주고 그 성과는 고스란히 자신이 가져가는 설사형 부장검사들이 승진에 승진을 거듭하는 것에 후배검사들이 종종 뒷담화를 하기도 한다.

대다수 겪어본 검사들이 가장 싫어하고 절대 출세하면 안 되는 부류로 분류하는 아부형에 가까운 설사형에 내가 포함되지 않는지 생각해볼 일이다. 다만 우리 조직의 부장검사들은 스마트형인 깔대기형 부장검사들이 대다수이니 오해 없기를 바란다.

그런가 하면 부장이 말해도 잘 따르지 않아 중간관리자인 부장의 속을 태우는 진상인 부 검사들도 있다. 그럼 낀대인 부장은 중간에서 속이 탄다. 갈수록 개성이 강해지는 요즘의 추세는 검찰조직이라고 해서 다르지 않다. 그래서 낀대인 부장들은 속이 상한다.

우리 때는 이전에 부장들이 시키면 무조건 다 했는데 요즘 젊은 검사들은 말을 해도 잘 따르지 않고 또 이전과 달리 부장을 평가하는 시스템이 만들어진 이후로는 오히려 후배검사들 눈치를 보는 부장들도 많아지고 있다. 부장들이 모이면 자주 하는 말이 있다.

 "나 때는 안 그랬었는데…… 아 부장 못해먹겠다". Latte is a horse.

생소하고 이해하지 못할 검찰 문화

검찰의 기수문화期數文化를 생소해하는 분들이 많다. 기수 문화는 사법연수원 졸업년도를 기준으로 삼는데, 나는 사법연수원 개원 후 31번째로 졸업했기 때문에 31기라 한다. 달리 사법시험 횟수로 서열을 정하기도 하는데, 이는 잘 사용하지 않는다. [48] 사법연수원이 폐지됨에 따라 현재 연수원에 있는 50기 1명이 마지막 기수이다. 또 로스쿨생은 2020년 현재 9기까지 검사로 임용되었는데, 사법연수원 출신 검사와 로스쿨 출신 검사가 병존된 세대들은 검사 임관일자를 기준으로 서열을 정리하다보니 몇 달 먼저 임관된 사법연수원 출신들이 로스쿨 출신 검사들보다 서열이 약간 빠르다.

48 참고로 필자는 사법시험 41회다. 사법연수원 기수보다 정확히 10회 더 많다.

그런데 이전에 검찰의 기수문화에 대해 중학교 교사인 친구와 논쟁을 벌인 적이 있었는데 다소 직설적인 그 친구는 "검사들 너네들은 웃겨. 기수문화가 왜 있는지 모르겠어. 후배가 선배를 앞지르면 선배들은 우르르 회사를 나가고, 그게 뭐냐?" 하며 검찰 문화를 비꼬았고, 나는 왜 기수문화가 있는지 긍정적인 면들을 적극적으로 설명했다. 그러나 검찰 조직 문화를 잘 모르는 친구는 여전히 이해하지 못하고 서로 목소리가 높아지는 바람에 결국 대화 주제를 바꾸었다.

국민들 눈에 비치는 검찰의 기수문화는 어떨까? 인사철만 되면 후배 검사에게 승진을 추월당한 선배 검사들이 대거 옷을 벗는 모습, 길을 걸어 갈 때도 항상 선배들이 앞장서고 후배 검사들은 뒤에 걸어가는 모습, 아마도 국민들에게는 이런 모습만 각인되었을 것 같다.

혹자는 요즘 세대가 어떤 세대인데, 호칭도 끝에 누구님으로 통일하고 직급도 없애는 마당에 무슨 서열을 따지고 그러냐고 비난하시는 분도 있을 것 같다. 항상 제도나 오래 전부터 유지되어온 관습은 그 이유가 있어서 형성된 것이고, 그것은 시대의 공감대에 따라 변화되어간다. 이렇게 비유해보고 자 한다. 의사가 사람의 목숨을 다루는 직업이므로 단 한번의 실수도 용납되지 않기 때문에 교육도 엄하게 실시하고 선후 배 사이에도 다소 엄한 체계를 갖추고 있는 것으로 알고 있 다. 검사도 비슷하다. 검사들도 사람을 체포, 구속하는 등 사 람의 사회적 목숨을 다루는 직업이어서 의사처럼 나름 엄격 한 체계를 갖추고 있다. 예를 들어 현장 압수수색을 나갈 때 는 일사불란하게 업무를 처리해야 한다.

결국 기수문화가 업무특성상 검사들이 업무를 수행하는 데 효율성을 가져왔기 때문에 지금껏 존재하고 있는 것으로 생 각된다. 또 선배검사들이 승진에 밀릴 경우 후배들을 위해 옷 을 벗는 것은 일반 회사와 같다고 보면 된다. 회사에서도 입 사기준으로 직원들을 분류하고, 승진에 밀린 선배들이 퇴사 를 고민하는데 다만 차이가 있다면 검사들은 퇴직을 해도 변 호사로 일할 수 있기 때문에 별 고민 없이 옷을 벗는다. 그러 나 최근 변호사 시장이 포화상태라 개업하는 검사들이 점점 줄고 승진에 밀리더라도 검찰에서 열정을 불태우려 하는 문화, 즉 평생검사제가 확산되고 있다.

기수 문화는 일반 회사나 공무원 조직, 법원 등 모든 조직에 있는데도 검사를 특권층으로 보아왔던 분들이 이에 색안경을 끼고 보는 것은 아닌지도 생각해볼 일이다.

두 번째로 전별금 문화^{餞別金 文化}다. 이전에 검사들이 이동을 할 때면 검찰청 내 선배검사들이 전별금이라는 명목으로 돈을 주었다. 십시일반 다 모으면 꽤 돈이 되었다. 외부 사람들도 전별금을 주었다고 하나 이는 호랑이 담배 피우던 시절의 일이고, 이제는 검찰청 내 선배들이 주는 전별금 문화도 사라졌다.

전별금을 언급하니 전라남도 순천에 세워져 있는 팔마비가 생각난다. 이는 고려 충렬왕 때 이 지역의 수장이었던 승평태수 최석 선생의 청렴함과 공덕을 기리는 비석인데, 《고려사》에 그 이야기가 전해진다. 승평은 고려시대 순천의 지명으로 당시 벼슬아치가 임기를 마치고 돌아갈 때는 시장격인 태수에게는 말 8필, 부시장격인 부사는 7필, 국장급인 법조에게는 6필을 선물하는 관례가 있었는데, 삼시세끼를 제대로 먹기도 힘들었던 그 시대에 비싼 말을 선물하는 건 지역주민들에게 큰 부담이었다. 그런데 승평태수 최석 선생이 1281년 임기를 마치고 개경으로 돌아가게 되었을 때 관례대로 승평 주민들이 말 8필을 바쳤으나 최석 선생은 도리어 주민들에게 받은 말 8필에 암말이 낳은 망아지까지 더하여 총 9필을 돌려주었다고 한다. 이후부터 승평에는 관리에게 말을 바치는 폐단이 끊겼고, 고을 사람들이 그 덕을 칭송해 1308년 팔마비를 세웠다고 한다.

지금은 전별금 문화가 사라졌다. 시간이 흐를수록 잘못된 문화는 현실에서 급격히 사라지고 있는데 왜 영화나 드라마에서는 계속 살아남아 우리를 여전히 괴롭히고 있는지 알 수가 없다.

세 번째로 송별 문화送別 文化다. 검사들이 근무지를 이동할 때 검찰청 간부들과 모든 검사, 그리고 직원들이 현관에 나와 이동하는 검사들에게 꽃다발을 전해주고 일렬로 서서 악수를 한 후 차에 태워 보내는 문화가 있다. 물론 그 차는 관내를 한 바퀴 돌고 다시 검찰청으로 들어온다. 지금껏 이어온 전통이었다.

검찰청 방문 중 그 모습을 본 어떤 분들은 호기심으로, 또 어떤 분들은 이상한 눈으로 바라본다. 그냥 우리들의 아름다운 문화이다. 처음에 어색했던 이 문화가 경력이 쌓여갈수록 점점 정겨워지는데, 시나브로 사라져가고 있다. 이러한 독특한 문화는 검찰 조직의 선후배들을 정신적으로 연결해주는 매개체로써 큰 역할을 담당하고 있는데, 점차 사라져 아쉬울 뿐이다.

네 번째로 폭탄주 문화^{爆彈酒 文化}다. 이 문화는 독자들도 아시다시피 군대에서 시작되었다고 한다. 요즘에는 사회에서도 일반화되어 있어 굳이 검찰의 독특한 문화라고 볼 수도 없겠다. 다만 지금껏 있었던 검사의 폭탄주 문화를 알려드릴까 한다. 이전에는 항상 양주로 폭탄주를 만들었는데 맥주잔 안에 들어 있는 양주잔(알잔이라고도 한다)에 양주를 가득 따르고 맥주잔에 맥주를 채워 만들었다. 당시는 자리를 주재한 간부가 비싼 양주를 가져오는 것이 자신의 권위를 상징한다고 생각하던 시대였다. 시간이 흘러 소주와 맥주, 즉 소맥으로 문화가 바뀌던 초창기 시절, 한 간부가 양주를 가져오지 않은 채 소맥을 마시자고 하자 다들 뭔가 허전한 느낌이 들었고 그 간부도 어색한 표정을 지은 적이 있었는데 지금은 다들 깔끔한 소맥을 좋아하고 이를 당연시 한다. 어떤 간부는 요즘 소주도 맥주도 조금씩 섞어 먹는 것이 무슨 폭탄주냐, 앞으로는 그냥 소맥 칵테일이라고 불러야 한다고 하는데, 일리가 있다고 본다.

이전에 검사들이 폭탄주를 즐겨 마신 이유는 이렇다. 업무량이 많아 매일 야근하고 스트레스가 쌓이다 보니 관리자인 부장들은 밤늦게라도 후배들에게 술이라도 한잔 마시며 스트레스를 해소해주려 했는데 장시간 술을 마시면 다음 날 힘들기 때문에 짧고 강하게 찐한 술을 마시고 일찍 끝내기 위해 폭탄주를 마셨다. 후배들의 스트레스를 관리하는 한 방법이었으나, 지금은 술로 스트레스를 해소하는 문화는 사라졌다. 바쿠스 신[49]이 들으면 노[註]할 이야기지만 나는 술을 그리 좋아

---

49 그리스 로마신화에 나오는 술의 신으로 디오니소스라고도 하는데 제우스와 그의 애인 세멜레 사이에서 태어난 아들이다.

하지 않는다. 지금껏 속칭 깡으로 술을 마셔왔는데, 앞으로는 조금씩 절제하며 술을 즐기는 문화가 대한민국에 정착되었으면 좋겠다.

폭행이나 상해 사건 중 상당수가 술에 취해 저지른 것이다. 지금껏 술에 만취하면 심신미약 상태에서 범행을 저지른 것으로 법원에서 형량을 감경해주었고, 또 변호사들도 이를 적극 주장하여왔다. 그러나 점점 술에 취해 저지른 범행은 더 엄벌해야 한다는 국민적 공감대가 형성되어가고 있다.

우리는 무의식의 세계를 스스로가 지배할 필요성이 있다고 보는데, 우리가 침대에서 잠을 자는 습관이 되면 처음에 침대에서 떨어지기도 하지만 그걸 의식하고 자면 절대 떨어지지 않는다. 사회에서 술에 취해 저지른 행동에 대해 엄하게 처벌하면 사람들은 무의식적으로 더 조심하게 되고 술로 인한 실수를 안 하게 될 것이다. 이제는 이러한 사회적인 공감대를 법률과 판결에 반영해야 할 때이다.

비록 술을 잘 못하지만 코로나 때문에 부 검사들과 소맥칵테일 한 잔 편하게 마시며 소통할 기회를 가질 수 없는 것이 무척 아쉽다. 어느 고전에서 '술은 인간의 정신을 흐리게 하는 광약이라고 말한 것을 본 적이 있는데, 그래도 약간의 술은 사람들의 맘을 편하게 하고 소통을 쉽게 해주는 보조제이니, 광약이라고까지 부르면 바쿠스신이 좋아하지 않을 것 같다. 물론 요즘은 절대 술을 강권하지 않는다.

마지막으로 이동 문화移動 文化다. 검사는 2년, 3년마다 이동을 한다. 서울중앙지검, 서울남부지검, 수원지검, 인천지검, 광주지검, 부산지검, 대구지검은 3년, 나머지 검찰청은 2년마다 이동하는데 가족이 있는 검사는 함께 이동하기도 하나 많은 검사들이 혼자 부임하여 독신생활을 한다.

이전에 동기 검사는 가족과 떨어져 혼자 살면서 밥도 먹지 않고 늦게까지 일한 후 퇴근할 때면 편의점에 가 떨이로 파는 도시락 한두 개와 캔맥주를 사서 혼자 티브이 앞에 상을 펴고 앉아 밥을 먼저 먹을까 캔맥주를 먼저 먹을까 소소한 고민을 하면서 행복감을 느꼈다고 한다. 실제 관사에 혼자 살면 각자 나름대로 삶의 방식을 터득한다.

일부 검사들은 잦은 이동에 힘들어하기도 하고 특히 여자

검사들은 육아문제로 눈물을 흘리기도 한다. 그러나 검사들은 오로지 사명감으로 주어진 환경에 적응하며 열심히 생활하고 있다.

평생을 함께 할 세 친구

차^{茶}, 요리^{料理}, 검도^{劍道}. 내가 평생을 함께 하고 있는 친구들이다.

나는 매일 아침마다 아내와 차를 마신다. 물론 고향이 녹차로 유명한 곳이라 어렸을 때부터 차를 접할 기회가 많았다. 그러나 나름 폼 나는 다기세트를 갖추어놓고 차를 마신 것은 베이징 유학을 다녀온 이후이다. 서울○○지검 조사부에 근무하던 시절, 주말에도 사무실에 나가 일하다보니 집안일에 신경을 쓸 수가 없었는데 한번은 아내에게 "애들은 잘 키우고 있지?"라고 묻자 시큰둥한 표정으로 "네 아저씨, 그런데 아저씨는 누구세요?"라고 답변하여 웃은 적이 있었다. 점차 육아 문제 등으로 지쳐가고 있을 즈음 운 좋게도 유학시험에 합격하였고, 우리 부부는 잠시나마 정신적 여유를 가질 수 있었다. 베이징에서 차 도구를 구입하여 아침마다 아내와 차를 마셨고, 이는 점차 일상이 되어갔다. 한국에 복귀하자마자 법정스님의 '무소유'를 실천하기로 마음먹었다. 법정스님의 무소유를 아무 것도 소유하지 않는 것으로 오해하시는 분들이 있는데, 여기서 무소유는 자기에게 필요하지 않는 것들을 억지로 소유하지 말라는 의미다. 나에게 불필요하다고 생각되는, 한 번도 앉아본 적이 없는 작은 방의 구색 갖추기용 책상 두 개와 안 읽는 책들을 모두 버리고 차방^{茶房}을 만들었다. 지금껏 옷만 갈아입었던 죽어 있던 방이 살아 숨 쉬는 방으로 변모했다.

매일 아침 아내와 30분 동안 차를 마시며 대화를 나누었는데, 차를 마신 이후로 아내의 잔소리는 점점 사라져갔다. 결혼하신 남자분들께 권한다. 아내와 하루에 단 30분이라도 대화할 수 있는 시간을 가지시라. 그러면 아내의 잔소리는 사라질 것이다.

갑자기 내게 영감을 주신 법정스님의 '텅빈 충만'이 생각 나

적어본다. 이 글을 읽어보면 머리가 맑아지는 느낌이 들 것이다.

"이제 내 귀는 대숲을 스쳐오는 바람소리 속에서, 맑게 흐르는 산골의 시냇물에서, 혹은 숲에서 우짖는 새소리에서 비발디나 바흐의 가락보다 더 그윽한 음악을 들을 수 있다. 빈 방에 홀로 앉아 있으면 모든 것이 넉넉하고 충분하다. 텅 비어 있기 때문에 오히려 가득 찼을 때보다도 더 충만하다."

내가 가지고 있는 또 하나의 취미는 요리다.

나는 군대 취사병 출신인데, 처음 취사병으로 선발되어 취사반에 들어갔을 때 눈물이 났다. 어머니로부터 남자는 부엌에 들어가는 것이 아니라고 배웠던, 그것도 법대생인 내가 군대에서 요리를 하고 있을 줄이야. 취사병이 되면 사각으로 잘라놓은 무로 칼질 연습을 시작하여 점차 양파, 양배추 등 각종 재료를 다루는데, 그때 연습하면서 칼로 벤 상처가 지금도 손가락에 흉터로 남아 있다. 한번은 휴가를 나가 오랜만에 만난 어머니께 자랑스럽게 칼로 양파를 베는 신기神技를 보여드렸더니 그 모습을 보신 어머니는 '네가 군대에서 그런 일이나 하고 있냐'고 말씀하시며 눈물을 적시셨다.

또 중국 유학시절에 있었던 일이다. 당시 나는 가족을 위해 많은 요리를 만들어보았다. 양념통닭, 짜장면, 제육볶음, 추어탕 심지어 족발까지 만들었는데 솔직히 맛은 없었다. 하루는 음식을 만들다가 방법을 몰라 한국에 계시는 어머니께 전화를 드렸다. "엄마, 이 음식 어떻게 만들어요?" 그러자 어머니 말씀, "아니, 네 마누라는 뭐하고 네가 요리를 하고 있냐?" 나는 다시 여쭈었다. "엄마, 혹시 아버지가 생전에 엄마를 위해 요리해준 적 있으세요?" 그러자 어머니 말씀, "아이고, 네 아버지가 날 위해 단 한번이라도 요리해줬더라면 원(願)이 없었겠다." 그러자 나는 곧바로 말씀드렸다. "엄마, 제가 지금 바로 그 일을 하고 있어요." 이후 엄마는 조용히 음식 레시피를 알려주셨다.

토요일 아침에 가족을 위해 요리하는 것이 내 취미다. 실패를 했지만, 단맛을 내보려고 국물에 바나나도 넣어보고, 이것저것 섞어보기도 했다. 그밖에도 떡볶이, 잡채 그리고 햄과

참치, 계란 등 여러 재료를 밥에 비벼 김에 말은 국적 불명의 김밥 등 요리로 가정의 평화를 이루고 있다. 요즘엔 능이백숙, 대왕계란말이, 소시지계란피자 등 여러 음식을 만들어보고 있는데, 우리 애들이 다소 비만인 이유가 다 이 아빠 때문이다. 초등학생 딸에게 다이어트 안한다고 나무라는 내가 가끔은 쑥스럽다.

한때 너무 연로하셔서 김장을 담그지 못하시는 어머니께 김치 만드는 법을 가르쳐달라고 하여 이를 녹음한 적이 있었다. 20분에 걸쳐 열심히 말씀해주신 후 '아들아, 귀찮게 김치 만들지 말고 그냥 사먹어라'는 마지막 말씀에 한참을 웃었다. 그때가 엊그제 같은데 벌써 그 어머님은 안 계신다. 묵묵히 요리방법을 알려주셨던 어머님이 한없이 그립다.

마지막으로 거의 20년째 검도劍道를 하고 있다.

날이 선 진검眞劍도 있다. 당연히 허가[50]도 받았다. 이전에 정

---

50 총포 · 도검 · 화약류 등의 안전관리에 관한 법률에 따르면 칼날길이기 15㎝ 이상 되는 칼, 검 등 성질상 흉기로 사용되는 것은 관할관청의 허가를 받아야 한다.

말 업무 스트레스가 극도로 심했을 때는 빠른 머리치기[51]를 3,000번까지 한 적도 있었다. 아마도 검도하시는 분들은 3,000번 빠른 머리치기가 얼마나 힘든 것인지 아실 것이다. 스트레스 풀기에는 타격하는 것만큼 좋은 것이 없는 것 같다. 어느 대안학교에서 북치는 과목을 수업에 넣자 학업성적이 많이 올랐다는 기사를 본 적이 있는데, 무언가를 타격하는 것이 강한 쾌감을 준다. 특히 검도는 상대방과 함께 하는 운동이라 예禮의 운동이기도 하고, 나이가 들어도 할 수 있는 운동이라 적극 추천해드리고 싶다. 걷기도 힘드신 80대 노인 분이 검도대련을 할 때는 곧추서서 칼을 겨누는 것을 보면 놀라울 뿐이다. 어쩔 때는 차를 마시면서 영화에서처럼 진검을 헝겊으로 닦으며 내 마음을 닦기도 한다. 스트레스가 쌓인 분들은 검도, 북 등 타격을 할 수 있는 운동이나 악기를 다루면 스트레스가 사라지는 효과를 경험하실 수 있을 것이다. 나이가 든 이제는 새롭게 드럼을 배워볼까 생각 중이다.

---

51 발을 앞뒤로 전진, 후진하면서 죽도를 휘두르는 것인데 약 1시간 15분 정도를 쉬지 않고 뛰어야 빠른 머리 3,000회를 할 수 있다.

일 이외에 내가 얻은 평생 함께 할 세 친구, 차, 요리, 검도.

세 친구를 생각하니 문득 인도 영화 〈세 얼간이Three Idiots〉라는 영화가 생각난다. 삐딱한 천재인 란초와 라주, 파르한이 진정한 꿈을 찾기 위해 벌이는 마음 따뜻한 영화인데, 주인공인 란초는 어려운 일을 당했을 때마다 알이즈웰All is well을 혼자 외친다. 그럴 때마다 신기하게도 어려운 일들이 해결된다. 이전에 〈집으로〉라는 한국 영화에서 말씀을 못하시는 할머니가 어떤 간절한 마음을 담을 때 손으로 원을 그리며 가슴을 비비는 장면이 나오는데, 나는 어려운 일이 있을 때마다 이 두 영화를 합쳐 손으로 가슴을 비비면서 '알이즈웰'을 외치며 마음의 평정을 찾곤 한다. 마치 영화 〈쿵푸펜더〉의 시푸 사부가 호흡을 깊이 들이쉬며 '이너피스inner peace'를 외치는 것처럼.

다 각자 자기만의 스트레스 해소법이 있겠는데, 여러분들도 바쁜 일상으로 인해 받은 스트레스를 풀 좋은 친구와 방법들을 찾아보기 바란다.

3. 형사부 검사들의 신문고^{申聞鼓}

N/A

끊임없이 밀려오는 기록 쓰나미

초임검사로 부임하여 형사부 사건을 처리하면서 '뭐야, 검사 일은 너무 많아 힘들다고 하던데, 이거 별거 아니잖아'라고 생각한 적이 있었다.

이전에 근무했던 행정부처는 일정 기간 동안에 반드시 실적을 내야 해서 그 스트레스가 심해 취침 후 아침이 오지 않기를 바란 적도 있었다. 그런데 검사로 임관된 후 경찰 송치 사건을 보완수사하고 기소/불기소를 결정하는 형사부 업무를 처리하다 보니, 다소 긴장감이 떨어진 느낌이 들었다.

그러나 시간이 지날수록 나의 생각은 사정없이 깨졌다. 이전 직장에서는 일을 마치면 쉬는 시간이 주어졌지만 형사부 검사의 일은 끊임이 없었다. 기록이 매일 배당[52]되었고, 아무리 처리를 해도 사건은 계속 쌓여가면서 처리 기간인 3개월, 4개월 심지어는 1년 넘게 처리하지 못한 사건들이 끊임없이 늘어나 마음을 짓누르기 시작했다. 휴가라도 다녀오면 휴가 기간 동안에 배당된 기록들이 여지없이 책상에 쌓여 있어 쉬어도 쉰 것이 아니었다.

옹달샘에서 물을 퍼내도 계속 샘물이 솟아오르는 것을 상상해보면 되겠다. '새벽 2시 깜깜한 밤에, 읽어도 읽어도 이해가 되지 않은 두꺼운 기록을 끌어안고 눈물을 흘려보아야 진정한 검사가 된다'는 어느 선배검사의 말이 몸으로 느껴졌다.

그러다보니 초반부의 배짱은 어디 가버리고 매일매일 밀려오는 사건에 지칠 대로 지쳐가며 기(氣)가 빠져나갔다.

'자이가르닉 효과'라는 심리학 용어가 있다. 매듭짓지 못한

---

52 경찰에서 사건기록을 송치하면 검사들에게 분배하는 업무를 배당이라고 한다. 부장검사는 검사 전담별로 사건을 배당하는 것을 원칙으로 하되, 검사의 경력과 사건의 난이도를 고려하여 배당한다. 이전에 부정을 방지하기 위해 순서대로 기계적으로 배당해야 한다는 개선안이 제시된 적이 있는데 초임검사에게 복잡하고 난해한 사건을 배당하면 처리가 쉽지 않아 오히려 감독자인 부장의 의견이 더 많이 반영될 수도 있다. 어떤 제도가 시행되고 있는 것은 다 나름대로의 방식이 있는 것이어서 개혁을 추진할 때에는 개선안이 자칫 탁상공론으로 빠지지 않을지도 함께 고민해야 할 필요가 있다고 본다.

일을 마음속에서 쉽게 지우지 못하는 현상을 말하는데, 우리가 어떤 일을 미룰 때마다 사실은 그 일을 가슴에 담고 스스로 스트레스를 받게 된다는 뜻이다. 형사부 검사들은 날마다 기록을 집에 가지고 간다. 실제 가지고 간다는 말은 아니다. 낮에 처리하다가 결론이 나지 않은 사건들이 집에서 쉬고 있는 검사들 머릿속에서 끊임없이 돌아가고 있는 것이다.

내 지도검사는 초임 때 나에게 "정 검사! 마음이 간절하면 꿈속에서도 공소사실이 씌어져!"라고 말했다. 당연히 나는 건방지게 속으로 '말도 안 되는 말씀하신다'고 코웃음을 쳤다. 그런데 2학년[53] 때 정말 나쁜 사람이라고 생각하여 증거를 수집하고 관련자를 조사하고 엄청 공을 들였는데, 그 마음이 얼마나 간절했는지 어느날 밤 꿈속에서 그 사건의 공소사실이 떠올랐고, 일어나자마자 노트에 급히 작성한 적이 있었다. 계속 머릿속에서 생각하다보니 꿈속에 나타났던 것이다. 아무리 잊으려고 해도 캐비닛에 있는 기록들이 머릿속에서 계속

---

53 검사들은 2년마다 검찰청을 옮기는데 처음 검사로 발령 나면 초임검사라 하고, 그 이후부터 옮길 때마다 2학년, 3학년 점점 고학년으로 호칭한다.

회전하고 있기 때문에 검사들은 휴일에 집에서 쉬어도 머릿속이 개운하지 않다.

부장검사가 되면 사건을 배당받지는 않고 부 소속 검사들의 사건을 결재하기 때문에 자이가르닉 효과는 상대적으로 훨씬 덜하다. 한번은 부 검사가 복잡하고 두꺼운 사건을 처리하지 못해 부장검사인 내가 직접 그 사건을 가지고 와 한 달 동안 검토하고 처리방향을 잡아준 적이 있었다. 기록이 내 캐비닛에 있었던 한 달 동안 자이가르닉 효과는 여지없이 찾아왔고, 기록을 검사에게 되돌려준 순간 나를 짓누르고 있던 머릿속의 무거운 돌은 바로 사라져버렸다. 그렇다고 부장검사가 일이 없다고 생각하면 안 된다. 부장검사는 제3자의 시각에서 기록을 객관적으로 볼 수 있어서 명확한 결론을 내려줄 수 있고, 또 부장검사의 임무는 무엇보다도 후배들을 올바르고 실력이 있는 검사가 되도록 지도하는 데 있다.

형사부 검사들이 밤늦게 퇴근하고 집에 가서 새벽까지 특정 프로그램을 보지도 않은 채 소파에 누워 이리 저리 TV 채널을 돌리고 있는 것도 일종의 자이가르닉 효과인데, 직장에서 풀리지 않은 일 때문에 스트레스 받는 분들도 공감할 것이다. 그래서 고수高手는 회사를 나가는 순간 머릿속에서 일을 버리고 나가는데, 그것이 말처럼 쉬운 것이 아니다.

이전에 모 지청에서 완벽을 꿈꾸었던 모 검사가 과로로 인해 사망한 적이 있었다. 거의 미제를 남기지 않는 성실한 검사였다. 강한 책임감과 완벽주의적 성격으로 인한 스트레스가 그를 지치게 한 것으로 보인다. 아무리 완벽하다고 해도 다시 보면 역시나 미완성이니 너무 완벽함을 추구하지 말라는 선배의 조언이 생각난다. 검사들은 항상 사건 미제의 스트레스 속에서 살고 있다.

코로나로 인해 모두가 힘든 상황이다. 우리가 힘들다고 말을 꺼내기도 부끄럽다. 국민 모두가 각자 가지고 있는 어려움을 현명하고 슬기롭게 이겨나갔으면 좋겠다.

진정에 신음하는 형사부 검사

형사부 검사들은 민원인들로부터 고소를 자주 당한다. 사건처리에 불만을 품은 고소인들이 검사들을 직권남용죄나 직무유기죄로 고소하는 일이 잦다. 그런데 "누구나 다 법 앞에 평등하여야 한다"는 논리를 적용하여 고소당한 검사도 평등하게 조사를 받아야 한다면 그 검사는 경찰서에 수시로 출석해야 해서 아마 업무가 마비될 것이다.

검사에 대한 기소율이 일반인에 비해 높지 않다는 어느 일간지의 기사를 본 적이 있는데, 검사를 고소한 사건 대부분이 사건처리와 관련된 것이고 상당 부분 불만성 고소라 대부분 각하[54]처리하기 때문에 검사가 일반 국민들에 비해 불기소율

---

54 혐의가 없는 것이 명백한 사건, 이미 처리가 된 사건 등에 대해서는 조사 없이 바로 각하처분을 한다.

이 매우 높다고 막연히 비난하는 것은 조금 고려해볼 일이다.

한번은 종중 내 다툼이 일어나 종중원이 다른 종중원을 명예훼손으로 고소한 사건이 있었는데, 혐의가 없다는 처분을 하자 고소인인 할아버지는 곧바로 항고를 제기하였고, 재정신청[55]까지 기각되자 그 이후로 내가 옮겨가는 청마다 불만의 편지를 보내기 시작했다. 그 편지는 검사인 나에게 '정○○ 변호사는 각성하라, 당신이 검사냐'는 등 감정을 상하게 하는 내용이었고, 이 분은 무고죄로 처벌될 수도 있다는 것을 아셨는지 교묘하게도 정식으로 진정서나 고소장을 접수하지는 않았다. 은근히 무시하려고 해도 신경이 쓰여서 모 지청에 근무할 때 할아버지를 불러 다시 상세히 설명 드리기로 마음먹었다.

그때의 행동을 지금 생각하면 참으로 황당하기 그지없는데, 아마도 그 때는 혈기 왕성한 젊은 검사였기에 가능하였던 것 같다. 나는 그 분을 집무실로 오시게 하여 차를 마시며 한

---

[55] 검사의 처분은 상급청인 고등검찰청에 항고할 수 있고, 항고가 기각되면 법원에 검사의 처분이 적정한지를 다시 검토를 해 달라고 요청할 수 있는데 이것이 재정신청이다. 재정신청이 인용되면 검사는 다시 조사해서 기소를 해야한다.

시간을 넘게 설명을 드렸다. 그러나 이미 부당하게 사건을 처리하였다는 선입견에 사로잡힌 할아버지는 내 말을 전혀 듣지 않으셨고, 이에 지금의 나로서는 상상하지도 못할 제안을 했다.

"어르신, 제 사건처리가 잘못되었으면 제가 옷을 벗겠습니다. 다만 할아버지는 편지를 보내지 마시고 정식으로 저를 고소해서 만약 할아버지가 잘못되었으면 잘못 고소한 것에 대한 책임을 지십시오!"

두려움이 없던 젊은 시절이었다. 다행히 할아버지는 그 이후로 편지를 보내지 않았다.

검찰에는 검사를 힘들게 하는 진정사건, 고소사건이 수시로 접수된다. 진정서와 고소장에는 처음 사건을 처리한 검사와 그 결재라인, 그리고 항고사건을 처리한 고검 검사. 나아가 재정신청을 기각한 판사와 사건처리에 불만을 품고 다시수사해 달라는 진정서를 각하한 수많은 검사들의 이름이 기재된 고소장들이 수시로 접수된다. 한 종이 위에 진정을 당한 검사, 판사 이름만도 수십 명이다. 심지어는 각 검찰청 앞에는 사건이 부당하게 처리되었다는 불만이 기재된 플래카드가 다수 붙어 있고 몇 년째 1인 시위를 벌이는 사람도 있다.

또 검찰청 앞에 와서 'ㅇㅇㅇ 검사 나와라'라고 큰소리로 외치는 분도 계시고, 이제는 고인이 되셨지만 모 지검 앞에서는 국정원에서 내 귀에 도청장치를 설치해서 피해를 보았다고 주장하며 매일 1인 시위를 벌이던 분도 있었다.

많은 국민들은 검사가 업무를 잘못 처리했으니 당연히 항의를 하는 것 아니냐고 말씀하실 수도 있겠다. 그러나 아무리 설명을 드려도 막무가내로 항의하시는 분들도 많다. 이는 모든 국가기관의 공무원들이 경험하고 있는 일이다. 내가 아는 공무원인 지인은 "그래도 검찰은 힘이라도 있잖아요. 우리는 그냥 당하고만 있어요"라고 하소연한 적이 있다.

자기에게 불리하게 처분된 사건은 누구든 불만이 있을 수밖에 없다. 그래서 검찰은 원처분에 대해 항고 후 재항고 하거나 재정신청 할 수 있는 불복절차가 갖추어져 있다. 법원도 삼심제도가 있는데, 최종심인 대법원 판결에도 굴복하지 못하고 거리에서 시위를 하는 분들이 가끔 보인다.

억울한 마음은 충분히 이해가 되나 법상 안 되는 건 안 되는 것이다. 안 되는 것을 되게 하는 나라가 더 이상하지 않은가? 사회에서 정한 규칙에 따라 처리된 국가기관의 결정에 승복하는 문화가 정착되었으면 좋겠다. 그런데 '공정한 룰rule'이 아니어서 문제를 제기하는 것 아니냐고 다투시는 분이 있던데, 사회공동체에서 정한 규칙이 잘못되었다면 이는 법의 개정을 통해 이루어질 일이어서 결국 분쟁의 해결은 요원하게 된다.

그리고 법을 개정할 정도로 잘못된 규칙이라면 수사기관에서 이미 반영해서 합리적으로 처리한다. 이는 결국 국가기관에 대한 신뢰의 부족에서 기인한 것일 수도 있고, 국민의 권리를 존중하다보니 상대적으로 국가의 권위가 상실된 것도 한 원인일 수 있다. 여하튼 간에 소통이 원활히 이루어져 분쟁이 없는 사회가 되면 더 없이 좋겠지만, 분쟁이 생기더라도 국가기관의 결정을 용인하는 문화가 널리 조성되었으면 좋겠다.

무분별한 고소·고발로
오히려 피해받는 국민

우리나라는 어느 누구나 편하고 쉽게 어떤 비용도 지불하지 않은 채 수사기관에 진정, 고소, 고발을 제기할 수 있고, 수사기관은 국민들이 요구하는 주장에 대하여 대부분 사건으로 받아들여 수사를 개시하고 있으며 또 그 결과를 진정인이나 고소·고발인에게 서면으로 답변해주어야 할 의무가 있다.

이전에는 수사를 요구하는 사람들이 서류로 작성된 고소장을 수사기관에 직접 제출하였는데 최근에는 국민신문고 등 인터넷에 글을 올려 이것이 검찰청에 이첩되어 사건으로 접수되기도 한다.

국민을 위해 다양한 방법으로 피해를 회복하여줄 수 있는 방법이 마련되어 있는 것은 좋은 일이다. 그러나 개인적인 생각에 무분별한 고소·고발로 국가기관의 행정력이 낭비되고 심지어 불필요한 업무로 인해 결과적으로 정말 중요한 사건들을 소홀히 하는 경우가 발생되어 문제이다. 마치 간단한 감기환자들이 '내 병이 제일 중요하다'고 울부짖으며 의사들을 붙잡는 바람에 정작 중환자를 치료하지 못해 사망에 이르게 한 것과 같다고 볼 수 있고, 또 울부짖는 사람 중에는 실제 아프지 않는데도 아프다고 착각하시는 분들도 상당하다.

요즘처럼 국민들의 권리를 적극적으로 보장하는 추세에 따라 편리함을 추구하는 것도 중요하지만, 이와 같은 인터넷 진정을 통해 수사가 쉽게 개시될 경우 그 상대방인 국민은 일단 수사기관으로부터 조사를 받게 되어 불이익을 쉽게 받게 되는 만큼 국민의 권리를 침해하는 업무는 단순히 한쪽 당사자의 편리함을 추구하는 것보다는 엄격한 절차를 통해 다른 국민들의 상대적 피해를 줄이는 시스템을 갖추는 것이 바람직한 것으로 보인다. 예를 들어 성범죄 사건은 그 진위 여부와 상관없이 고소를 당한 것만으로도 사회적으로 매장되는 경우가 있다. 따라서 무분별한 투고성 진정이나 고소·고발을 방지할 수 있는 시스템을 적극 마련하는 것이 선진 법문화로 가는 초석일 것이다.

이전에 나이가 드신 할아버지가 상대방을 고소하고 계속하여 여러 차례 진정서를 제출하시며 집착에 가까울 정도로 수사기관을 힘들게 한 적이 있었는데, 그 분을 불러 말씀을 들어보다가 나는 "그 사람이 괘씸해서 고소를 하신 겁니까, 아니면 피해가 커 꼭 돈을 받아야 할 상황이어서 고소한 것입니까"라고 질문하자 할아버지는 "돈은 있을 만큼 있다. 괘씸해서 그런다"고 말씀하셨다. 그래서 만약 피해가 막심해 경제적으로 어려우셔서 그런 것이라면 수사를 열심히 해서 죄가 있는지 밝혀보겠지만, 그런 의도시라면 그냥 잊어버리시고 여생을 편하게 사는 게 어떠시냐고 제안해보았는데 전혀 주장을 굽히지 않으셨다. 그런데 한 달 후, 할아버지가 걸음걸이도 제대로 못한 채 목발을 집고 사무실에 오셨다. 그러면서 "내가 정 검사 말을 그냥 들을 걸 괜한 사건에 신경 쓰다가 뇌출혈이 났네, 그나마 심하지 않아서 다행이야"라고 말씀하시면서 조용히 고소 취소장을 제출하고 가셨다.

우리나라는 대부기관까지도 돈을 받기 위해 사기죄로 고소하는 건이 많은데 돈을 빌려주고 받지 못하는 민사 사건까지 고소·고발이 남발되고 있어 수사기관의 업무를 부담시키고 있다. 또한 언론에 국민들이 관심을 가지는 사건이 보도되면 각종 시민단체에서 모두 고발을 하여 고발장이 다수 접수된다. 국민들의 편의를 위해 쉽게 접근할 수 있도록 마련해놓은 각종 권리구제제도가 다른 사람과 이를 제기한 사람에게도 피해를 주고 있는 것은 아닌지, 또 이로 인해 수사기관과 국가기간이 정말 처리해야 할 사건에 집중하지 못하고 있지는 않는지 다시 한번 생각해볼 일이다.

　이는 검사들의 업무부담을 가중시키는 큰 요인 중의 하나이자 국민들을 피로감에 빠지게 하는 큰 원인이다.

'하지 마라'와 '소통'의 딜레마

온고이지신이라는 말이 있다. 이는 〈논어〉에 나온 말로 공자가 "온고이지신, 가이위사의溫故而知新, 可以爲師矣", 즉 '옛 것을 익히고 새것을 알면 스승이라고 할 수 있다'라고 말한 것에서 비롯된 것이다.

갑자기 온고이지신을 왜 화두로 꺼내는지 궁금해 할 것이다. 요즘 형사부 검사들은 '하지 마라' 딜레마에 빠져 있다.

언젠가 한참 언론에서 검찰의 '밥총무' 문화에 대해 이슈가 된 적이 있었다. 밥총무는 검찰 내 한 부서에서 가장 후임인 검사가 식비를 거두고 날마다 선배검사들의 식사 참석 여부를 확인한 후 메뉴와 식당을 예약하는데, 이 막내 검사를 밥총무라 한다. 아주 오래 전에는 회사 근처 식당 주인들이 밥총무에게 자기들 식당에 찾아와 달라고 명절 때 선물도 했다고 하는데, 당시 밥총무의 입김은 나름 상당했던 것 같다.

　최근에는 없어져야 할 첫 번째 문화로 치부되어 함께 밥을 먹는 것까지 없애라는 말이 나왔는데, 또 한편으로 아쉽다는 생각이 든다. 우리말에 '식구_{食口}', '밥상머리 교육'이라는 말들이 있다. 함께 밥을 먹는 사람들을 식구라 하고, 온 가족이 함께 밥을 먹는 자리에서 이루어지는 인성·예절 등에 대한 교육을 '밥상머리 교육'이라고 말한다. 선배가 후배에게 경험담을 이야기해주고 또 어려운 사건을 부장과 선배검사들에게 물어볼 수도 있는 좋은 자리다. 수고로움이 따르지만 또 반면에 얻을 것이 많다. 내 생각에는 밥총무 제도를 무조건 없앨 것이 아니라 밥총무를 힘들게 하는 것들을 제거하면 좋았지 않나 하는 생각도 해본다. 가장 어려운 메뉴 정하기, 참석여부를 묻는 질문에도 한참을 답변하지 않다가 사정을 해야 답변해주는 못된 선배검사와 부장들, 이런 것들이 새로운 업무를 익히느라 정신이 없는 초임검사를 더욱 힘들게 하였다. 이전에 부장검사와 부부장검사 사이가 안 좋은 부_部가 있었는데 부장검사는 밀가루 음식을 극도로 싫어했고 부부장 검사는 너무 좋아해서 식사 때마다 밥총무는 이들의 눈치를 보느라 스트레스를 심하게 받았다는 이야기도 전해 내려온다. 그래서 결국 이런 폐단들 때문에 좋은 것은 전혀 언급되지 않은 채 부정적인 것들만 부각되어 밥총무 제도가 공식적으로 폐지되었다.

이제는 회의도 자주 하지 말라고 한다. 술자리는 더더욱 안 된다고 한다. 후배검사들을 힘들게 하는 것이라면 무엇이든 하지 말라고 한다. 그러면서도 소통은 적극적으로 하라고 한다. 이전에 선배들을 따라 술을 마시러 가면 처음에는 선배이야기를 듣다가 술이 어느 정도 취하면 취기에 선배한테 부장 흉을 보면서 울분을 토해내던 일, 주말에 시간을 내어 함께 등산을 하고 부장을 포함한 선후배 검사들과 막걸리 한 사발을 마시며 회포를 풀던 일, 회의 시간에 아재개그[56]를 나누며 서로 박장대소하며 웃던 일. 어떻게 보면 개인적으로 선배들

---

56 내가 말한 아재개그 중에 가장 사람들이 재미있어 했던 것은 이것이다. 술을 마신 다음 날은 절대 들깨가 들어간 음식을 먹으면 안 된다. 들깨에 들어있는 불포화지방산이 술의 알데히드와 결합하면 특정 물질이 생성되어 심한 두통을 유발한다. 술을 마신 다음 날 아침 들깨죽, 들깨국,,, 들깨가 들어간 음식은 절대 안 된다. 왜냐면........... 술이 들깨~

의 요구에 따른 것이지만 지금 생각해보면 검사생활 중 좋은 추억으로 남는 일들이다. 부대끼지 않으면 정이 들지 않는다는 것이 내 생각이다. 너는 너, 나는 나인데 언제 정이 들겠는가. 나만 느끼는 생각인지 모르겠지만 핸드폰으로 그 즉시 통화할 수 있어 서로의 소식이나 감정을 바로 알 수 있는 편리한 디지털 문화도 좋지만, 편지를 써놓고 한참동안 마음 설레며 답장을 기다리는 아날로그 문화도 운치가 있었다고 생각한다.

이 글을 읽는 순간 '당신은 꼰대야'라고 말하시는 분이 있겠다. 그런데 생각해보면 막내 검사 위의 선배 검사는 가장 머리가 아프다는 부기획 업무를 맡는다. 또 그 위 선배검사들은 속칭 깡치사건, 즉 해결하기 정말 어려워 밤새 고민해야 할 사건들을 도맡아 처리한다. 모두 다 각자의 역량에 맞는 일을 담당하고 있는데 그런 부분이 고려되지 않는다면 선배 검사들도 억울할 것 같다. 세상일에는 무엇이든 장단점이 있는 것 같다. 한 가지 바람이 있다면 이전 것은 뭐든 나쁜 것이라고 볼 것이 아니라 옛 것의 좋은 점은 취하고 문제점은 과감하게 개선해나간다면 보다 멋진 문화가 만들어질 것 같다. 어찌 보면 밥총무 제도도 소통이 이루어지는 하나의 문화로 볼 수 있다. 그러나 동료들을 힘들게 하는 잘못된 악습을 없애야 하는 것은 당연한 명제다. 점차 상호 존중하는 문화로 바뀌어가고 있고 소통의 방식도 다양화되고 있으니 바람직한 방향으로 가고 있는 것 같다.

다만 어느 순간 우리 사회가 O, X 논리로 빠져드는 것 같다는 생각이 든다. 어린 아이 다루듯이 무조건 '이건 하지 마라, 저것도 하지 마라'고 강제적으로 말할 것이 아니라 '온고이지신' 정신으로 각각의 상황에 맞게 자율의지에 따라 구성원의 공감대가 형성되는 방법을 강구하도록 하면 어떨까? 물론 자율의지Free Will에 따른 행동에는 항상 자기 책임Responsibility이 따른다.

'하지 마라' 노이로제에 걸린 선배검사들은 점점 꼰대소리를 듣기 싫어하고 있다. 혹시라도 어떤 말이 나와 인사상 불이익을 받을까봐 후배검사들에게 꼭 알려줘야 하는 것이라도 '꼰대 부장', '갑질 부장'으로 비춰질까봐 전혀 알려주지 않는 간부도 늘고 있다.

그러나 소통의 부재는 마치 혈관이 막힌 것처럼 사회에 뇌출혈을 일으킨다. 가장 좋은 소통의 방식을 찾는 것은 비단 우리만의 문제는 아니다. 회사에서 간부와 직원간, 학교에서 선생님과 학생간, 가정에서 부모와 자식간 등등 곳곳에서 고민하고 있는 문제이다. 우리 조직도 소통의 부재로 큰 아픔이 있었다. 내가 몸담고 있는 검찰청에서 이전에 초임검사가 직장 내 스트레스를 이기지 못하고 극단적 선택을 한 사례가 있었는데, 조직내 소통이 더욱 원만히 이루어졌다면 어땠을까 하는 생각이 든다. 그 검사의 고민을 풀어줄 수 있는 소통 수단이 있었다면 그런 안타까운 일은 발생하지 않았을 것이다.

최근에 모 후배검사가 들려준 이 말도 계속 내 마음을 아프게 한다.

"선배님, 요즘 부장님들이 후배 검사들에게 다가오시지를 않아요. 그냥 말이 안 나오도록 하는 것이 상책이라고 생각하시는지 이전에는 술자리도 같이 하며 좋은 이야기도 듣고 그랬는데 너무 거리를 두세요. 혹 다가와주셔도 괜찮은데."

더 나아가 모두가 서로를 어려워하는 세상, 특히 코로나로 가까운 사람마저도 사회적 거리두기로 만나지 못하는 요즘 세상에 어떻게 소통하는 것이 좋을까?

하루 내내 컴퓨터로 친구들과 게임을 하는 중학생 아들을 보면 우리 어머님들 말씀처럼 속에 천불이 난다. 그러면서도 코로나 때문에 거의 1년째 학교도 가지 않아 새로운 친구를 사귀지도 못하고 밖에 나가서 마음대로 뛰어놀지도 못하는 아들이 안쓰럽다. 속에 천불이 나면서도 게임을 통해 친구들과 만나는 모습을 보니 '그래 그렇게라도 소통해라'는 생각에 야단을 치려는 생각이 슬그머니 사라진다. 안타까운 현실이다.

코로나로 인한 사회적 거리두기로 모두가 답답해 하고 있고, 이전의 생활로 돌아가지 못해 화만 늘어가는 작금의 현실에서 이를 해결할 수 있는 효율적인 소통방식을 찾아내는 것이 무엇보다도 중요한 때라는 생각이 든다. 수사기관도 어떻게 국민과 소통해야 할지 더 고민해야 할 때이다.

이것은 소리 없는 아우성

내 개인의 경험담을 일반화하는 건 상당히 조심스럽다. 이 글을 읽는 혹자는 이를 확인할 수 있는 통계나 근거를 제시하라고 항변할지도 모른다. 또 이 문제를 지금껏 왜 내부에서 공론화하지 않았냐고 질책하는 분도 있었다. 그러나 경미한 교통사고가 났을 때 시간이 지날수록 목이 뻐근하고 온몸이 쑤시고 아픈데도 외관상으로는 특별한 상처가 없어 꾀병으로 취급당할 때가 있는데, 이 경우처럼 형사부 검사들도 꾀병으로 비춰질까봐 마음속에 담아두기만 할 뿐 공개적으로 말하기가 조심스럽다.

정치권에서 또는 사회에서 어떤 현안 사건이 발생하면 이에 대해 특검도 생기고, 특별조사단도 꾸려지는 등 외부적 요구에 맞춰 검찰에서는 적극적으로 대응해왔다. 수사능력이 뛰어난 검사들이 대거 기용되어 수사를 하는데 인원 부족으로 각 청 형사부에 있는 검사들을 추가로 차출해 보충하는 경우가 있다. 드물게 그런 일이 있으면 괜찮은데 자주 있으면 형사부 검사들은 너무 힘들다. 차출되어가는 검사가 가지고 있던 수많은 사건들이 남아 있는 검사들에게 재배당[57]되는 까닭이다. 나는 기록이 재배당되고 난 후 후배검사들의 한숨과 원망소리를 들을 때마다 안타깝다는 말 이외에는 해줄 말이 없다. 자기가 배당받은 사건만으로도 허덕이고 있는데 또 사건을 배당받으니 마치 물에 빠진 배가 겨우 침몰을 버티고 있는데 작은 깃털 하나가 내려앉아 마침내 배가 물속으로 빠져들어가는 형국이랄까. 그래서 형사부 검사들은 '재배당'이라는 말을 들으면 한숨부터 쉬는데 일부는 강한 불만을 제기하기도 한다.

　일례로 한 때 내가 근무했던 부에서 특별사건을 처리하게

57　한 명의 검사가 최소 100건 이상에서 수백 건의 사건 기록을 가지고 있는데 다른 곳으로 파견가거나 이동하게 되면 그 기록들을 남아있는 검사들에게 분배하는데 이것을 재배당이라고 한다.

되어 우리 부 검사들과 타청에서 차출된 검사들로 수사팀이 꾸려지는 바람에 나와 또 한명의 검사 단 두 명이 부의 모든 수사지휘와 잡무를 도맡은 적이 있었다. 그때 회사의 윗분께서는 처리는 늦어도 좋으니 사고만 내지 말아 달라고 간곡히 부탁하신 적이 있었다. 언론에서 정치권이나 시민단체에서 중요한 사건을 검찰에 의뢰했다는 보도가 되면 형사부 검사들은 또 누가 차출되어 그 검사의 사건이 재배당되지 않을까 걱정을 했고, 이런 시스템으로 수십 년을 달려왔다.

또 이전에 어떤 철없는 검사는 사건을 처리하기 싫어 기록을 방치하다가 마침내 감당할 수 없을 정도가 되면 병가를 내고 쉬었다가 이후 자신의 기록이 다른 검사들에게 재배당되어 모두 처리된 후 회사에 복귀한 적도 있었다는 말을 선배로부터 전해들은 적이 있다. 형사부 검사들은 검사들이 함께 업무를 나눠 처리하므로 어떤 검사가 아프면 다른 검사가 그만큼 더 일을 해야 한다. 그래서 이전에 정말 힘든 부서에 근무할 때는 부 검사들이 '서로 아프지 말자'고 말하며 군대에서 느낀 전우애로 힘든 날들을 버텼던 적도 있었다.

최근 검찰 내 분위기가 지금껏 묵묵히 일하여왔던 형사부와 공판부를 이전보다 우대하는 방향으로 나아가고 있어 형사부 검사들이 이전보다 기록을 충실하게 볼 여유가 생기고 나아가 밤샘 근무도 줄일 수 있는 좋은 여건이 형성되어가는 것으로 보인다. 이전부터 간절히 바라왔던 일이다.

다만 그 우대방향이 형사부 검사들로 하여금 오로지 워라밸Work_life balance [58] 검사가 되도록 한다면 이는 고려해볼 일이다. 검사의 영장청구권을 헌법에 명시하고, 그 처분에 대하여 다툴 수 있도록 하나의 독립된 관청으로 두는 등 검사에게 특별한 권한을 부여한 것은 단순히 검사에게 워라밸을 즐기면서 여유롭게 일을 하라는 뜻은 아닐 것이다. 형사부 우대는 형사부 검사로 하여금 편안한 생활을 할 수 있도록 하는 것이 아니고 진정으로 국민을 위해서 일을 할 수 있는 실질적 권한을 부여하고, 또한 그 권한이 검사의 것이 아닌 국민을 위해서 사용할 수 있도록 하는 시스템을 만들어주는 것이다. 이것

---

58 일과 삶의 균형이라는 말로 업무를 끝마치고 개인생활을 할 수 있도록 업무와 개인 생활을 명확히 분리하는 것을 말한다.

이 바로 형사부 검사들을 진정으로 우대하는 것이 아닐까?

검사들에 대한 국민들의 오해

국민들이 가장 오해하는 것 중 하나가 '검사가 상당히 많은 봉급을 받는다'는 것이다.

이전에 중학생, 고등학생을 상대로 검사들이 준법교육을 한 적이 있었는데 강의가 끝나고 질문답변 시간이 되면 어느 학교나 이 질문이 있었다. "검사님! 봉급은 얼마나 되요?" 해줄 말이 없다. 나는 그 말을 택시기사에게도 들었다. 어느 날 동료들과 술 한잔 마시고 택시를 탔는데 내가 검사인 것을 알아본 나이 드신 기사분이 "검사님! 봉급이 매월 1,000만 원 이상은 되죠?"라고 뜬금없이 질문하셨다. 나는 "그리 받았으면 제 처가 바가지 안 긁지요"라고 말하고 그냥 웃었다. 검사들 봉급 얼마 안 된다. 검사 봉급으로는 경조사비로 매달 10만 원씩 내기도 벅차다. 이전에 퇴직하신 모 법원장님이 재직시 종친행사에 10만 원을 넣어 금일봉을 드렸는데 그 분이 가시고 난 후 종친 어르신들은 다들 최소 100만 원 정도를 기대하다가 너무 적은 금액이어서 어이없어 하셨다고 한다. 여러분들이 상상하는 만큼 판·검사들의 봉급이 많지는 않다. 검사의 보수체계는 별도 법률로 규정되어 있는데 '검사의 보수에 관한 법률'을 보면 검사의 봉급이 어느 정도인지 알 수 있다.

그리고 국민들이 오해하는 또 한 가지는 검사는 모두 부패했다는 것이다.

국민들은 〈더킹〉이나 〈부당거래〉 등 TV나 영화에서 보는 검사의 이미지를 실제 이미지로 착각하는 경향이 있다. 사실 흥행을 위주로 하는 드라마나 영화는 그래도 사회 엘리트로 분류되는 검사를 악역으로 분류시켜야 흥미를 유발한다. 문제는 검사 세계를 잘 모르는 국민들은 권력을 가진 검사들이 다 그렇게 부패하게 사는 줄 안다. 실제 사는 이야기를 들은 일부 지인들은 그게 사실이냐고 물어보기도 한다. 〈더킹〉에서 검사 역할을 담당한 조인성이 오로지 출세만을 위해 나쁜

짓을 일삼는 장면이라든지, 〈부당거래〉에서 부동산업계 회
장 스폰을 받는 검사 류승범이 불법 거래를 제안하는 장면 등
상당수 영화나 드라마가 검사를 나쁜 사람으로 희화화하였
는데, 국민들은 검사들이 실제 그런 것으로 오해하시는 분들
이 의외로 많다. 검사들은 정말 억울하다. 그러나 검찰청에
한번 오셔서 검사실에 와보시라. 캐비닛에 가득 쌓인 기록들,
퀭한 눈으로 기록을 보고 있는 검사들, 드라마에서 보듯이 금
테 안경 쓰고 멋진 와이셔츠에 헤어젤을 바른 단정한 검사는
거기에 없다.

매일 늦게까지 일하고 특히 월말에는 사건처리에 너무 바
빠 후배검사들에게 말을 걸기가 미안할 정도이다. 그나마 모
방송사에서 한 때 방영한 검사내전이라는 드라마에서 형사
부 검사들의 실제 모습을 일부 보여주어 국민들이 검사의 일
상을 조금은 아셨을 것 같다.

백조는 유유자적 하며 호수 위에서 멋진 자태를 뽐내고 있
으나 물 아래에서는 열심히 발길질을 하고 있는 것처럼 검사
도 겉으로는 멋진 세계에 사는 것처럼 국민들에게 인식되고

있으나 실상은 고소·고발 사건, 송치사건에 치여 매일 밤을 사무실에서 지새우고 있다.

모두가 잘 알고 있는 내용을 왜곡하면 웃고 넘어갈 수 있지만 잘 모르는 세계를 왜곡하면 그 왜곡된 세계는 바로 현실이 되고 만다.

그리고 마지막으로 국민들이 오해하는 것은 영화나 티브이를 통해 검사를 접하다보니 영화 〈공공의 적〉이나 〈내부자들〉처럼 조폭을 잡거나 사회적으로 큰 비리를 캐는 검사들이 검찰의 대부분을 구성하고 있다고 생각하는 분들이 있다. 그러나 이미 말했던 것처럼 대부분의 검사는 국민들 개개인에게 매우 중요한 고소·고발 사건, 경찰송치사건을 처리하는 형사부 검사들이다.

국민들은 주위에서 검사를 잘 접하지 못하고 검사의 업무를 알 기회가 없어 검사에 대한 정보부족으로 잘못된 이미지를 가지는 경우가 많다.

검사들에 대해 무조건 안 좋게 평하는 요즘의 상황에 문득 대학교 때 어느 강의시간, 노교수님 말씀이 생각난다. "어떤 사람이 미우면 그 사람이 무슨 말을 하더라도 틀리게 들린다." 살다보니 이 말은 절대 진리라고 생각한다. 검사가 무슨 말을 하더라도 검사가 밉다면 그 말이 모두 틀리게 들리지 않겠는가.

피라미드 검찰청과 평생 검사

한때 성^{性}에 대해 너무 노골적으로 이야기하여 사람들의 입 방아에 오르내렸던 구성애 씨가 "아들을 둔 집안에는 아들 방에 좋은 화장지를 넣어주세요"라는 말을 했던 기억이 난다. 당시 나는 어찌 저런 말을 방송에서 할 수 있을까 생각하면서 무척 당황했다. 그러나 우리가 다 알고 있지만 차마 입으로 말하지 못했던 것들을 사람들에게 손가락질 받을 위험을 감수하면서 공개적으로 자신 있게 표현하였고, 굳이 숨기는 것보다는 서로 공공연하게 감정을 공유하며 대화로 소통할 수 있는 분위기를 만들어주신 고마운 분이라고 생각한다. 우리 조직의 이런 민감한 부분을 이야기해보려 한다.

우리 조직은 피라미드 구조이다. 검찰청법상 검사는 검찰

총장과 검사로 구분되는데 실제 직제는 평검사, 부부장검사, 부장검사, 차장검사, 검사장 등으로 세분화되어 있다. 각 역할에 따라 분류를 세분화한 것이다. 많은 사람들이 일선 기업의 경우 차장, 부장 순으로 되어 있어 부장검사가 차장검사보다 높은 것으로 생각하는데 검찰은 그 반대다. 일반 기업들이나 다른 행정조직처럼 관리자급으로 올라갈수록 자리가 작아지기 때문에 대다수 검사는 승진하지 못하고 일부만 차장검사, 검사장으로 승진하는데 요즘엔 검사 인원이 많아져 이전에는 모든 검사가 거쳤던 부장검사도 되기가 쉽지 않다. 그래서 많은 유능한 분들이 승진하지 못하고 일부는 고등검찰청으로, 또 일부는 변호사로 개업하는데 승진에 누락된 어떤 분들은 '능력이 있는 내가 왜 승진에 누락되었는지 모르겠다'고 불만을 가지기도 하나 이것도 다 관운官運인 것 같다.

고등검찰청은 고참인 검사들이 주로 근무를 한다. 일부 국민들은 고등검찰청이 무슨 일을 하는지 잘 모르고, 또 잘못된 인식 때문에 언젠가 신문에서 고등검찰청은 폐지되어야 한다고 주장하는 글도 보았는데, 위에서 언급한 의미 있는 사건들 중에는 내가 고등검찰청에서 처리한 사건들이 많다. 혐의가 없다고 처리한 사건들을 다시 검토하여 억울한 피해를 해결해주니 이처럼 중요한 인권보호기관이 어디 있는가? 비록 인사에서는 원하는 바를 얻지 못했어도 국민의 권리구제, 인권보호를 위해 고등검찰청 원로 검사님들은 마지막까지 열정을 불태우고 있다. 법원도 법원장까지 역임한 분들이 지방 오지에 위치한 지원의 장으로 가시거나 단독 재판장으로 일하면서 마지막 투혼을 불사르는 문화가 정착되어가고 있는데 검찰청도 이제는 퇴직하지 않고 국민들의 피해회복에 열정을 쏟아 붓는 나이 드신 검사들이 많고 또 승진과 상관없이 평생검사를 꿈꾸는 젊은 후배검사들도 많아지고 있다.

예전에 윤복희 씨가 미니스커트를 입고 공항에 입국하였을 때 여성이 너무 짧은 치마를 입었다는 이유로 사람들은 야유하며 계란을 던졌다. 그러나 사람들의 시각은 시간이 흐를수록 빠르게 변한다. 이전에는 동기가 검사장이나 간부로 승진하면 무조건 옷을 벗는 그런 기수문화도 이제는 점차 사라져가고 있다. 빠른 시일 내에 평생검사제가 정착되어 검사들이 소신을 가지고 국민을 위해 정년까지 일할 수 있는 문화가 뿌리내렸으면 하는 바람이다.

새롭게 변화되는 형사 시스템

수사권 조정으로 많은 것이 변화된다. 원칙적으로 경찰이 1차 수사권자, 검찰은 2차 수사권자가 된다. 고소·고발 사건과 관련하여 앞으로 검찰에 접수된 사건을 경찰에 수사지휘하여 처리하게 할 수가 없다. 앞으로는 경찰이 자체적으로 처리하는데 혐의가 없다고 처분한 사건에 대하여 고소·고발인이 이의를 제기하면 그 사건은 이전과 같이 검찰에 송치된다. 이의를 제기하지 않더라도 경찰은 사건기록을 검찰에 보내야 하는데 검사는 90일 이내에 경찰이 처리한 사건을 검토하여 부족한 부분이 있다면 경찰에 재조사하라고 요구할 수 있다. 경찰에서 인지한 사건도 불기소 처분을 할 경우에는 마찬가지다. 사실상 경찰에서 자체적으로 수사한 그 많은 기록들을 이 기간 내에 보는 건 쉽지 않아 개략적으로 볼 수밖에 없는 현실적 한계가 있다는 의견이 있으나, 개인적인 생각으로는 그럴수록 더 눈을 부릅뜨고 국민의 인권보호를 위해 노력해야 할 것이다.

형사부 검사가 얼마나 중요한 일을 하는지 확인할 수 있는 간단한 사례를 소개해 드리겠다.

어린이 보호구역내에서 학원차량 운전자가 제한속도로 달리다가 갑자기 달려 나오는 자전거를 탄 어린이를 들이받았다. 경찰에서는 도로교통공단에 교통사고 감정까지 의뢰해서 결국 혐의가 없는 것으로 결론을 지어 검찰에 송치하였다. 그 이유는 단편적이었다. 학원차량은 제한속도 내에서 달렸기 때문에 갑자기 튀어나온 자전거를 보고 브레이크를 잡았더라도 제동거리가 길어 그대로 들이받을 수밖에 없는 불가항력적 사고였다는 것이다.

그 기록을 보면서 내 생각은 달랐다. 사고는 어린이보호구역 내 횡단보도상에서 발생한 것이므로 제동거리만 생각할 것이 아니라 횡단보도 부근 건물위치나 도로구조도 종합적으로 판단해야 한다. 그 도로는 어린이 보호구역으로, 학원차가 달리는 전방은 삼거리였는데 전방 앞 횡단보도 옆에는 건물들이 양쪽으로 들어서 있어 이 때문에 횡단보도의 좌우 시야가 확보되지 않았다. 그리고 횡단보도 앞에는 일시정지선이 있었다. 그 학원 운전자는 애들을 태우고 학원시간에 맞춰가야 한다는 생각에 횡단보도 좌우에서 누가 튀어나올지 예상하지 않고 일시정지선에서 멈추지 않은 채 그대로 주행하다가 왼쪽에서 자전거를 타고 횡단보도로 튀어나오는 어린이를 보지 못하고 그대로 들이받았고, 자전거를 타고 어린이를 뒤따라오던 아이 엄마는 자전거를 내팽개친 채 쓰러진 아들을 급히 감싸 안았다. 다행히 어린 아이는 전치 2주 상처밖에 입지 않았다.

자, 종합적으로 생각해보자. 제한속도만 지켰다고, 브레이크를 밟았어도 제동거리 때문에 들이받을 수밖에 없기 때문에 혐의가 없다고 결정한 것이 맞을까?

아니다. 나는 부 소속 검사를 통해서 혐의가 없다고 올라온 송치사건을 다시 조사하도록 했다. 그 학원운전사는 자백을

했다. "학원에 빨리 가야 했기 때문에 도로 방지턱도 그대로 달렸고, 일시정지선도 지키지 않고 그대로 달리다가 튀어나오는 어린아이를 그대로 들이받았습니다. 죄송합니다."

이런 상황이라면 운전자는 특히 어린이 보호구역이고 전방에 신호등도 없는 횡단보도가 있으니 그 앞 일시정지선에서 차량을 반드시 세운 후 좌우에서 튀어나올 어린이가 있는지 확인하고 천천히, 특히 좌우가 건물로 가려져 시야가 확보되지 않은 상황이라면 더욱 천천히 진행하여야 할 주의의무가 있다. 만약 경찰 의견대로 처리하면 어린아이의 실수로 결정되기 때문에 그 어린 아이는 아무런 보상을 받을 수 없다. 다만 그 학원운전사도 경제적으로 넉넉하지는 않을 것이나 잘못된 것을 바로잡아주는 것이 검사의 업무인지라 원칙대로 처리했다. 피해자가 가해차량의 보험으로라도 피해보상 받기를 바랄뿐이다.

이 사건도 경찰에서 인지사건으로 송치되어 올라왔는데 앞으로는 이런 사건은 검찰에서 직접 수사할 수는 없고 경찰에 재수사를 요구할 수 있을 뿐이다. 이런 부분들을 면밀히 검토하여 바로잡아 주는 것이 검찰의 중요한 역할이 될 것이다.

새로운 수사권 조정에 따라 국민들과 직접 관련되는 고소·
고발 사건의 변경된 처리과정 등에 대해 다시 한번 간단히 소
개해본다.

앞으로 국민들과 직접 관련된 부분으로 경제범죄인 사기,
컴퓨터등사용사기, 횡령, 배임, 업무상 횡령, 업무상 배임의
경우 검찰에서는 5억 원 이상 되는 사건 중 시장경제질서의
공정성, 신뢰성, 효율성 등을 해할 우려가 있거나 사회적 이
목을 끌 만한 사건 이외는 직접 처리하지 않는다. 따라서 이
조건을 충족시키지 못하는 사건은 검찰에 고소장을 제출하
더라도 검찰에서 직접 접수하여 경찰에 지휘를 할 수 없고 경
찰에서 처리하도록 이첩해야 한다. 따라서 앞으로는 '검찰에
서 직접 처리해주십시오'라고 무조건 요구할 수는 없다.

앞에서 언급한 것처럼 경찰에서 처리한 고소·고발 사건이
혐의가 없는 것으로 종결되면 이에 대해 고소인과 고발인이
이의를 제기할 수 있고, 이의가 제기되면 지금처럼 검찰에 송

치되어 검찰사건으로 처리가 되고, 검찰에서도 같은 결론이 나면 항고 등 절차를 밟을 수 있다. 아울러 불기소 처분되었는데 이의제기를 하지 않은 고소·고발 사건, 경찰 인지사건은 기록이 검찰에 이첩되는데 90일 이내에 수사상 문제는 없는지 검토한 후 문제점이 있으면 이를 경찰에 다시 수사하도록 지휘할 수 있다.

주목할 사항은 이전에는 검찰에서 어떤 제한 없이 수사를 개시할 수 있었는데 이제는 일정한 조건을 갖춘 부패범죄, 경제범죄, 공직자범죄, 선거범죄, 처리사건과 직접 관련성이 있는 범죄 등 한정적으로 수사를 개시할 수 있다.

일전에 수사권 조정 관련하여 깊은 생각에 빠질 때 문득 떠올라 적어본 이야기가 있다. 변화된 수사 환경이 모든 국민들에게 편안함을 주었으면 좋겠다.

소몰이 하는 동자童子 이야기

옛날에 힘세고 날쌘 황소가 살고 있었습니다. 그런데 이 황소가 말을 듣지 않고 어찌나 날뛰던지 사람도 다치게 하고 어렵게 가꾸어 놓은 농작물과 과일나무들을 밟아 죽여버리는데도 마을 사람들은 속만 태울 뿐 발만 동동거리고 있었지요.

어느 날 도저히 이 상황을 견딜 수 없었던 마을 사람들은 마을 회의를 통해 힘을 합쳐 이 황소를 통제하기로 결정하였습니다. 마을 사람들은 힘센 황소를 겨우 잡아 코뚜레를 해서 줄을 매달아 튼튼한 기둥에 묶었고 그제서야 마을 사람들은 황소로 인한 두려움에서 벗어날 수 있었답니다.

황소를 진정시킨 마을 사람들은 힘센 아이에게 산으로 몰고 가서 황소에게 풀도 먹이고 비오는 날엔 풀도 베다주게 하고 잘 관리하도록 시켰는데 코뚜레를 한 황소는 마을 사람들을 위해 성실하게 일해 그 덕분에 농작물도 잘 자라 마을사람들은 한동안 아주 아주 행복했습니다.

그런데 아이는 소를 몰고 가면서 자기 본연의 일인 소몰이 보다는 뛰어가는 메뚜기, 뱀, 노루 그리고 더 큰 멧돼지도 잡고…… 그냥 동물들을 잡아 마을 사람들에게 가져다 주고 너무 좋아했답니다. 그러다가 점점 사냥 실력이 뛰어나게 된 아이는 마침내 큰 호랑이 두 마리를 잡았고, 마을 사람들은 아이를 칭찬하고 크게 잔치를 베풀었지요. 그런데 일부 마을 사람들은 마을 수호신을 잡았다고 아이를 막 혼내기도 했습니다.

한참 시간이 지나면서 마을 사람들은 성실하게 열심히 일하는 황소를 보고 아이에게 더 이상 황소를 보지 말라고 하였고, 황소에게는 이전에 묶었던 줄을 풀어 주고 코뚜레만 채운 채 마을 사람들을 위해 자유롭게 일할 수 있도록 해주었답니다.

마을 사람들을 위해 아이와 듬직한 황소가 함께 협력하며 밭을 성실히 갈아주기를 바랄 뿐이다.

임진왜란과 병자호란

나는 조선^{朝鮮}이 환골탈태^{換骨奪胎}했어야 할 두 번의 기회를 놓치는 바람에 구한말 일본의 지배를 받았다는 생각을 하곤 한다. 짧은 역사지식으로 이런 큰 문제를 논하는 것이 솔직히 부담스럽지만 일부 견해로 보아주시면 좋겠다.

첫째는 임진왜란 때이다. 당시 선조를 비롯한 관리들이 나라와 백성을 버리고 도망갔어도 의연히 맞선 장수들과 의병들 덕분에 조선은 일본을 물리쳤다. 그러나 오랜 전쟁 끝에 나라는 황폐해지고 나라를 위해 싸운 백성들은 여전히 구체제를 답습한 관리와 양반들 아래서 이전과 똑같은 생활을 해야 했다. 만약 조선이 일본에 승리한 후 선조와 의로운 백성들, 깨어 있는 지배계층이 힘을 모아 새로운 나라를 만들었다면 보다 튼튼한 나라로 체질이 개선되지 않았을까. 둘째로 병자호란 때이다. 영화 남한산성에서도 나오지만 주화파인 최명길은 조선이 성장해 가는 청나라에 대항하기 어렵다는 현실적 한계를 일찍이 깨닫고 실리적인 외교를 취한다. 그러나 조선의 군사력은 전혀 고려하지 않은 채 명나라를 배신하고 오랑캐 나라에 투항한다는 명목으로 연일 인조에게 최명길을 참하라고 고하는 김상헌 등 척화파, 그리고 남에게는 가혹하리만큼 상소하면서도 막상 모시는 왕이 삼전도에서 머리를 땅에 치받는 엄청난 굴욕을 당하였는데도 어느 누구도 목숨을 걸고 나서지 않는 관리와 유생들, 또한 청나라 근대 문물을 소개하며 조선을 변모시키려 한 소현세자를 싫어하여 벼루를 내던지고 결국에는 아들인 세자와 며느리, 손자까지도 죽인 인조.

조선이 임진왜란이나 병자호란을 경험한 후 개혁적 의식과 사고를 갖춘 백성들과 함께 새로운 나라를 꿈꾸었다면 조선은 일본보다 앞서 근대화를 추진하여 전 세계를 주름잡는 강국이 되었을지도 모른다. 비록 이 두 전쟁이 조선 멸망의 직접적 원인은 아닐지라도 새로운 나라로 변모할 수 있는 정말 좋은 기회였다는 사실은 부인할 수 없다.

검찰이라는 조직도 이번에 철저히 변해서 새로 태어나지 않으면 국민들로부터 영원히 신뢰를 잃을지도 모른다. 위기는 곧 기회이다. 지금껏 검찰이 국민을 위해 부여된 권한을 검찰 자신을 위해 사용하는 일부 잘못된 행태로 인해 국민들로부터 신뢰를 잃었다.

거악척결을 담당하는 특수부, 노동과 국내 시위나 정치적 사건을 담당하는 공안부, 조직폭력이나 마약사건을 수사하는 강력부, 고소·고발 사건, 송치사건을 처리하는 형사부 모두가 환골탈태하여 검찰 본연의 임무에 최선을 다하여야 할 것이다. 다만 '빈대 잡으려고 초가삼간 태운다'는 말처럼 잘못된 부분에 대하여는 과감히 질책하고 바로 잡아도 검찰이 지금까지 국민들을 위해 봉사한 부분까지 너무 폄훼하지 않으셨으면 좋겠다.

1950년대부터 독재정권을 등에 지고 정국을 휘어잡는 경찰국가가 이어지다가 1990년대 민주화 운동이 이어지며 점차 검찰이 경찰을 통제하기 시작한 후 어느 덧 30년이 흘렀다. 지금까지 검찰의 무분별한 권한남용에 대한 대가로 이제는 검찰개혁이라는 저항할 수 없는 역사적 흐름에 직면하고 있다. 대검 중수부는 거악척결에 반드시 필요한 기관이라는 명분으로, 수사권 조정은 시기상조론이라는 오래 전 주장의 답습으로 검찰이 가지고 있는 권한을 계속 보유하려다가 결국에는 모든 것을 내려놓게 되었다. 가진 것을 한없이 움켜쥐고 놓지 않은 결과일 것이다.

　지금도 경찰의 복종의무가 존재하던 시절, 사회적으로 큰 사건이 발생하면 검찰이 중심이 되어 모든 것을 컨트롤하던 시절의 향수에 검사들이 젖어 있지는 않은지 생각해볼 일이다. 환골탈태해야 새롭게 태어나지 않을까? 산불로 모든 것이 소멸된 황폐한 산에서 파란 새싹이 돋아나듯이.

마지막 이야기

요즘 검찰이 국민들로부터 신뢰를 많이 잃고 있다. 검찰은 지금껏 개혁대상으로 분류되어 외부에서 검찰의 체질을 개선시키고 있는데 이 또한 보다 나은 검찰, 국민을 위한 검찰로 나아가기 위한 진통의 한 과정일 것이다. 그러나 외부에 의한 개혁도 중요하지만 검찰 스스로에 의한 개혁이 더 우선되어야 진정한 개혁의 마침표를 찍지 않을까?

이런 의미에서 웨스트민스터 대성당 묘지 영국성공회의의 한 사제가 남긴 비문에 적힌 글은 검사인 나에게 많은 여운을 남긴다.

'내가 젊고 자유로워 상상력에 한계가 없을 때 나는 세상을 변화시키겠다는 꿈을 가졌었다. 좀더 나이가 들고 지혜를 얻었을 때 나는 세상이 변하지 않으리라는 것을 알았다. 그래서 내 시야를 약간 좁혀 내가 살고 있는 나라를 변화시켜야겠다고 결심했다. 그러나 그것 역시 불가능한 일이었다. 황혼의 나이가 되었을 때 나는 마지막 시도로 나와 가장 가까운 내 가족을 변화시키겠다고 마음을 정했다. 그러나 아무도 달라지지 않았다. 이제 죽음을 맞이하기 위해 누운 자리에서 나는 문득 깨닫는다. 만일 내가 내 자신을 먼저 변화시켰다면 그것을 보고 내 가족이 변화되었으리라는 것을 또한 그것에 용기를 얻어 내 나라를 더 좋은 곳으로 바꿀 수 있었으리라는 것을 그리고 누가 아는가? 세상도 변화되었을지.'

지금껏 말한 이 모든 것들은 결국 우리 국민들의 행복을 위해 논해지는 것이고, 검사도 국민이 행복하게 살 수 있는 나라를 만들기 위해 존재하지 않겠는가?

마지막으로 그 행복의 중심인 우리, 즉 사람 이야기를 하며 이 글을 마무리하고자 한다. 사람은 살고 있는 동안이 아니라

마지막으로 눈을 감을 때 그 평가가 이루어진다고 한다. 정말 아까운 사람이었는지, 아닌지.

　일전에 친구가 나에게 들려 준 한 편의 시가 생각난다.

　인생人生의 무대

　인생이라는 긴 무대에서

　우리는 끝없는 연극을 펼치는 배우들

　때론 어릿 광대의 몸짓으로

　때론 여왕의 품위 있는 몸짓으로

　각자의 무대에서 주연으로 연극을 펼친다.

　수많은 관객들을 두고

　짧은 연극을 하는 이,

　긴긴 연극을 하는 이……

　모든 이가 연극의 막을 내리는 날, 우린 수많은 관객으로부터

우렁찬 박수를 받는 이,

한없는 야유를 받는 이,

또 저런 배우도 있었나 하고 잊혀지는 이……

그럼 이 세상에서 연기를 펼치고 있는 나는 어떤 배우인가.

검사로서, 또 집안의 가장으로서 한 평생 살면서 나는 어떤 배우로 살아왔고, 살아가고 있는지 또 다음에 사람들에게 어떤 배우로 기억될 것인지 다시 한 번 생각해 볼 일이다. 여러분들은 어떤 배우인가?

에필로그
●

　영국의 역사가인 아놀드 토인비는 저서 《역사의 연구》에서 "역사는 되풀이 된다"고 하였다. 역사를 배우지 않은 나라는 다시 그 역사가 되풀이될 수밖에 없다. 과거의 지나온 길을 돌이켜 보면 앞으로 우리가 처할 미래를 예측해볼 수 있다. 인간의 본성과 행태는 환경이 변하더라도 바뀌지 않기 때문이다.

　결코 선한 권력이란 존재하지 않는다. 고려와 조선 우리의 역사를 보아도 국가 권력을 집행하는 자에 대한 견제가 이루어지지 않으면 반드시 백성들이 수탈당하고 핍박받는다는 사실을 수없이 우리 선조들은 경험했다.

모든 국가기관은 그 권한을 견제할 수 있는 내·외부 시스템이 반드시 필요하다. 상호견제 시스템이 정상적으로 작동할 때 권한남용을 막을 수 있고 국민들이 편해질 수 있다. 수사기관의 권한도 역사를 돌아보면 상호 견제를 위한 역할 변화가 있어왔다. 1950년대, 1990년대, 2020년대를 비교해보라. 경찰권의 남용이 검찰의 권한 강화를 초래하였고, 또 막강한 검찰의 권한이 결국에는 수사권 조정으로 분산되어졌다. 결국 권한의 집중은 남용을 초래한다는 사실을 가까운 역사에서도 보았다.

　다만 많은 국민들이 갈망하는 검찰개혁이 거듭 말한 바와 같이 '온고이지신'의 정신으로 순기능적 부분은 강화하고 잘못된 부분은 과감히 수정하는 방식으로 나아가야 할 것이다. 언젠가부터 우리에게 기존의 것은 무조건 악이고 새로운 것이 선이라는 잘못된 인식이 들어서 있다. 가까운 중국도 문화대혁명을 거치며 기존 봉건문화의 잔재를 모두 부숴버렸다. 그러나 아이러니컬하게도 자금성, 이화원 등 그 봉건 잔재들이 작금의 중국을 상징하고 있다.

　수사기관의 힘은 운영주체의 철학, 운영의 방법에 따라 사람을 죽이는 칼이 되기도 하고 맛있는 음식을 만드는 칼이 되기도 한다. 기존에 있던 제도가 잘못 운용되었다면 그 제도 자체를 부숴버릴 것이 아니라 왜 잘못 운용되었는지 먼저 확인할 필요가 있다. 칼날이 무뎌졌으면 칼날을 갈면 될 것인데 굳이 칼을 버릴 필요가 없는 경우도 있기 때문이다.

새로운 수사시스템이 국민을 위한 최적의 시스템이기를 바란다. 그 누구도 억울함을 당하지 않는 세상, 법적용이 정당하게 이루어지는 세상, 사회 안전망이 잘 갖추어진 세상, 대한민국 국민이 편하게, 행복하게 살 수 있는 세상을 만들기 위해 지금껏 우리가 노력한 것이 아니겠는가?

국민의 요구대로 검찰도 개혁해야 한다. 검사의 권한이 어느 정도여야, 또 어떻게 행사하여야 국민들의 눈높이에 맞는 것일지에 대한 깊은 고민을 계속해야 할 때이다.

일인당 국민소득 만불을 달성했다고 좋아할 때가, 광화문 광장에서 대한민국의 월드컵 4강 신화에 환호성을 지를 때가 엊그제다. 지나온 역사를 보면 우리 민족은 어려움에 처했을 때 저력을 발휘하며 슬기롭게 난관을 헤쳐온 우수한 자질을 가지고 있다. 여러 사회 현안으로 혼란으로 비춰지는 상황이지만 이는 결국 보다 나은 미래를 위한 진통에 불과할 뿐이라고 생각한다.

가슴에 손으로 원을 그리며 조용히 외쳐본다. "알이즈웰!"

나는
롱테일
검사입니다

어느 형사부 검사의 단상

지은이 | 정경진

펴낸곳 | 마인드큐브
펴낸이 | 이상용
책임편집 | 김인수
디자인 | 서경아, 남선미, 서보성

출판등록 | 제2018-000063호
이메일 | mind@mindcube.kr
전화 | 편집 070-4086-2665
　　　　마케팅 031-945-8046 팩스 031-945-8047

초판 1쇄 발행 | 2020년 12월 21일
초판 2쇄 발행 | 2020년 12월 30일
ISBN | 979-11-88434-35-0 (03800)